KB078703

인생 2회 차,

축구의
신

인생 2회 차, 축구의 신 2

백린 현대 판타지 소설

초판 1쇄 찍은 날 § 2019년 8월 19일
초판 1쇄 펴낸 날 § 2019년 8월 26일

지은이 § 백린
펴낸이 § 서경석

총괄팀장 § 노종아
편집책임 § 강민구
디자인 § 소소연

펴낸곳 § 도서출판 청어람
등록번호 § 제387-1999-000006호
등록일자 § 1999. 5. 31
어람번호 § 제1-3041호

주소 § 경기도 부천시 부일로 483번길 40 서경B/D 3F (우) 14640
전화 § 032-656-4452 팩스 § 032-656-4453
http://www.chungeoram.com
E-mail § chungeorambook@daum.net

ISBN 979-11-04-92042-4 04810
ISBN 979-11-04-92040-0 (세트)

백린 현대 판타지 소설

MODERN

FANTASTIC

STORY

2

인생 2회 차,

축구의 신

청어람

인생 2회 차,
축구의
신

Contents

전 일본 U-12
축구 선수권 대회 2

　전반에 골을 넣지 못했던 민혁은 후반 막판에 지쳐 버린 미요시 수비를 헤집으며 두 골을 몰아넣었고, 결국 2차 리그 1경기는 4 대 0이란 스코어로 끝났다.

　기세가 오른 그램퍼스 주니어는 네 시간 뒤 열린 2차 리그 2경기에서도 3 대 1 승리를 거뒀다. 경기 일정이 불리했던 상대 팀 히로시마 FC가 조금 더 지쳐 있던 상황이긴 했지만, 어쨌건 승리를 거두고 토너먼트로 올라간 건 그램퍼스 주니어였다.

　그다음 날.

　1차 리그에서 탈락한 24개 팀이 일전을 벌여 토너먼트 진출자를 가리는 동안, 대회 주최 측인 JFA의 사무실에선 대회 기록을 정리하고 있었다. 토너먼트부터 방송이 붙는 관계로 해설진에게 전해줄 팀 정보와 선수 정보를 요약할 필요가 있기 때문이었다.

그로 인해 야근이 예정된 직원들은 지친 표정으로 자료를 정리하고 있었다. 마치 2000년대 후반의 한국을 보는 것 같은 모습이었다.

그러던 직원 중 하나가 기록지를 들며 입을 열었다.

"이 팀 제법인데요?"

"어딘데?"

"그램퍼스 주니어요."

"아, 거기 이번에 처음 나온 곳이지?"

"네."

"득점자도 다양하네. 그런데……."

JFA 유소년 기술 위원으로 일하는 이시카와 히데는 득점 기록표를 보고는 턱을 긁었다. 자주 나오는 이름이 일본인 같지 않아서였다.

"윤?"

"조선인 싫어하세요?"

그의 옆에 있던 여성이 질문을 던졌다. 민혁의 이름 옆엔 태극기가 그려져 있었지만, 아직은 한국인보다 조선인이라는 말이 더 익숙한 일본이었다.

하지만 그건 딱히 민족 차별적인 의미에서 나온 말은 아니었다. 그저 익숙함의 차이 때문이었다.

조선시대에 일본에 끌려온 사람들은 한국이나 북한의 국적이 아닌 조선적(朝鮮籍)이라는 정체 불명의 국적을 가지고 있었다. 이미 멸망해 버린 조선의 사람이란 이야기가 아니라, 조선 땅에서 건너온 사람들의 국적이란 의미의 조선적이었다.

그것은 미군정에 의해 임시로 부여된 국적이었는데, 놀랍게도 미군정이 종료된 지 40여 년이 지난 지금까지도 수정 없이 그대로 유지되고 있었다. 사실상 무국적자나 다를 바 없는 취급을 받는데도 말이다.

그나마 재류 허가가 떨어졌다는 점이 유일한 위안이지만, 그들의 대우는 사실상 난민과 같았다.

그것은 후손인 재일 2세나 3세들에게도 유지되었다. 때문에 일본인들은 한국이나 북한 사람보다 조선적을 가진 사람을 더 많이 접했고, 그로 인해 그들에겐 한국인보다는 조선인이라는 말이 훨씬 더 익숙했다.

이시키와 히데는 주머니를 뒤지며 말했다.

"나야 별생각 없지. 차라리 대만인이라면 모를까."

"대만인은 왜요?"

"대만 여자가 우리 삼촌이랑 결혼한답시고 바람을 넣어놓고는 돈만 받아서 튀어버렸거든. 그게 한 4천 되나?"

"4천 엔은 아니죠?"

"4천만 엔이지."

양복 윗도리를 뒤적인 이시카와는 담배를 꺼내 입에 물었다. 한국에서는 슬슬 실내 금연에 대한 이야기가 나오고 있지만, 일본에선 실외 금연이 강조되면서 실내 흡연에 대해선 오히려 관대해지는 분위기였다.

찰칵하는 소리가 들린 후, 담배에 불이 붙었다.

"담배 좀 끄면 안 돼요?"

"안 돼. 나 골초인 거 알잖아."

이시카와는 눈살을 찌푸린 상대에게서 고개를 돌렸다. 흡연을 포기할 수는 없지만, 최소한의 매너는 지키는 행동이었다.

그는 반쯤 탄 담배를 재떨이에 비벼 끄며 조금 전의 서류를 다시 보았다.

"그러고 보니, 여기 성인 팀도 천황 컵 결승까지 올랐지?"

"네. 청소년 클럽 선수권대회(U-18)에선 지역 예선 통과를 못 했지만요."

"아쉽겠네. 그래도 천황 컵 명칭 붙은 건 성인 대회랑 소년부 대회밖에 없으니까, 잘하면 천황 컵 2관왕이라고 우길 수 있겠어."

이시카와는 서류를 책상 위에 던졌다. 어서 빨리 퇴근하고 싶은 마음에서 비롯된 행동이었다.

"참, 중등부 대회는 어떻게 되고 있어?"

"97년부터 열기로 했대요."

"결국 그렇게 결정 난 거야?"

이시카와의 표정이 찌푸려졌다. 대회가 늘어나는 건 좋은 일이지만, 아직 실무진인 그에겐 일이 늘어난다는 이야기나 다름없었다.

이왕이면 자신이 좀 더 승진한 후에 시작하면 안 되는 걸까……

그런 생각을 하던 이시카와는 다른 서류를 들어 그램퍼스 주니어의 스코어를 살피다 고개를 갸웃했다.

"뭐야, 절반 이상이 이 녀석 득점이나 어시잖아?"

"그래요?"

"응."

"그램퍼스 총득점이 벌써 20점 넘지 않았어요?"

"맞아, 현재 본선 최고 득점 팀이거든."

"그럼 4강만 올라가도 대회 MVP 줘야겠네요."

"…꼰대들은 별로 안 좋아할 텐데."

이시카와는 JFA의 수뇌부를 떠올리며 미간을 좁혔다. 제국 주의시대를 살아오던 노인네들마저 끼어 있는 집단이라 그런지 일본 중심주의가 지나치게 강한 느낌이었다.

"안 그래도 이 팀 가지고 말이 좀 있나 봐요. 나고야 그램퍼스 산하가 아니었으면 목소리가 컸을걸요?"

"어쩐지 이상했어."

"뭐가요?"

이시카와는 기록지를 들여다보며 연기를 뿜었다. 경기에 출전한 선수들의 평가가 적혀 있는 기록지였다.

"평가가 이렇게 확확 바뀔 수 있나 싶었거든."

"기복이 심한 거 아닐까요?"

"그래도 이건 정도가 심하지. 두 경기는 바닥인데 나머지는 전부 최상이잖아. 거기에 바닥인 두 경기 중 하나는 골을 두 개나 넣었다고."

그 내용은 이시카와에게 확신을 불어넣었다. 아무리 그래도 두 골을 기록한 선수의 평가가 이렇게 나올 수는 없었다. 연거푸 실수를 범해 자책골을 넣어준 수비수라도 상대편 골망을 흔들면 평균 이상의 점수를 받는 게 보통이거늘, 미드필더로 분류된 선수가 두 골을 넣었는데 최악의 평가를 받는다는 건 아무래도 이상한 일이었다.

"보나마나 취소도 못할 만큼 완벽한 골이었겠지."

"최악으로 나온 건 누구 평가예요?"

"시로야마 가츠토시."

"그 사람요?"

이시카와와 이야기를 나누던 여성의 얼굴이 일그러졌다. 시로야마라면 여러모로 평판이 나쁜 사람이었다.

"우익이었어요?"

"그놈이 우익이 아닌 게 더 이상하지 않아?"

"···하긴."

긍정적인 반응은 이시카와를 웃게 했다. 다소 자조감이 느껴지는 웃음이었다. 시로야마 같은 사람과 자주 얼굴을 맞대어야 한다는 사실에 스트레스가 살짝 찾아온 탓이었다.

그러던 이시카와는 내던지려던 기록지를 빤히 보았고, 무려 5분 동안이나 그것을 보는 모습에 궁금해진 여성은 이시카와에게 질문을 던졌다.

"뭘 그렇게 보세요?"

"귀화시킬까?"

"네?"

"이 윤이라는 애 말야."

"귀화요?"

이시카와는 진지한 표정으로 말했다.

"혹시 또 알아? 이 애가 축구계의 조치훈이 될지."

조치훈은 일본 기원에 적(籍)을 둔 바둑기사였다.

그는 풍양 조씨 가문의 후손으로 숙부인 조남철을 따라 일본에 건너와 바둑을 시작하는 바람에 일본 기원에 등록된 기사가 된 사람이었는데, 최연소 프로기사 입문 및 7대 기전 그랜드슬램, 거기에 일본 최초로 대삼관(大三冠)을 달성한 희대의 기사였다.

비록 80년대 중반을 넘어서면서 조훈현에게 세계 1위 자리를 넘겨주었지만, 일본 바둑계에선 아직도 전성기를 구가하는 살아 있는 전설로 꼽히는 사람.

그런 사람을 언급한다는 건, 이시카와가 민혁의 가능성을 높게 보고 있다는 이야기였다.

"진짜로 귀화시킬 생각이에요?"

"권유는 해보려고. 브라질인도 국가대표를 하는 시대에 한국인이 안 될 이유는 없잖아?"

이시키와는 1990년과 1994년 월드컵 아시아 예선에서 일본의 국가대표로 뛰었던 라모스 루이를 떠올리며 말했다.

1989년에 일본 국적을 획득한 그는 1994년 대한민국에게서 월드컵 출전권을 뺏을 뻔한 상황을 만들었던 선수로, 그때까지만 해도 한 수 아래로 평가받던 일본 대표 팀이 한국을 압도하게 만들었던 사람이다. 비록 도하의 기적으로 인해 월드컵 진출권을 뺏지는 못했지만 말이다.

현재 혼다 FC에서 뛰고 있는 로페스 와그너의 귀화 여론도 바로 그 라모스 루이의 전례가 있기 때문이었으니, 그의 활약이 일본에 미친 충격이 얼마나 컸는지는 굳이 부연할 필요가 없었다.

"아직 12살이잖아요."

"그러니까 의미가 있지. 다 커버리면 한국 국가대표가 될지도 모르잖아. 그러니까 빼 오려면 그 전에 빼 와야지."

성인 단계에서 국적을 변경하는 케이스는 자국에서 경쟁력이 없을 때나 일어나는 일이었다. 알프레도 디 스테파노나 푸

스카스 같은 예외도 있지만 그건 어디까지나 축구 초창기의 일인 데다, 이제는 국적 변경자의 경우 국가 대항전 출전이 불가능해지는 경우도 있었다.

가장 대표적인 케이스가 전에 소속되었던 국가에서 단 한 번이라도 A 매치를 뛰는 경우.

그리고 그 외에, 위조 국적이나 범죄 등의 문제로 인해 대표 선발이 아예 불가능해지는 케이스 등이었다.

"어떻게요."

"유학생이니까 돈으로 구슬려 봐야지. 이제 겨우 GDP 1만 달러 찍은 나라 출신이니 유학비 부담이 클 거 아냐."

이시카와는 어느 정도 확신을 가지고 있었다. 한국에서 두 번째로 큰 대기업이 KFA를 적극적으로 지원해 주고 있다는 이야기는 들었지만, 그래 봐야 한국의 대기업 아니겠는가.

한국의 대기업이 당장 돈이 안 되는 유소년에게 큰돈을 들일 리 없다.

그것 하나만큼은 믿어 의심치 않던 이시카와는 손에 들린 서류를 내려놓고 말했다.

"여기 다음 경기가 언제라고 했지?"

"일정표 있잖아요."

"미안. 손이 안 닿아."

그와 이야기를 나누던 여성은 한숨을 내쉬며 서류를 찾아 건네주었다.

이시카와는 펜을 들어 일정표에 동그라미를 그렸다. 그램퍼스 주니어라는 글자 바로 위였다.

"보러 가게요?"

"응."

"의외네요."

"뭐가?"

"이시카와 씨 일하는 거 싫어하잖아요."

"좋아서 일하는 사람이 얼마나 있다고."

인상을 쓰며 말한 이시카와는 수첩에 경기가 열리는 일정을 적은 후 그것을 품속에 넣었다. 내일 오후 2시, 도쿄 고마자와 올림픽 경기장이었다.

"가만 있어보자. 내일 여기 나가는 사람이 누구였더라……."

"접니다."

이시카와는 고개를 돌리다 흠칫 놀랐다. 다크서클이 광대뼈까지 내려온 사람이 커피가 담긴 종이컵을 들고 바로 앞까지 다가와 있었던 탓이다.

"뭐, 뭐야."

"커피 드실래요?"

"고… 고마워."

이시카와는 종이컵을 받아 들며 말했다.

"근데 그래서 내일 출장 갈 수 있겠어?"

"이시카와 씨가 대신 가주시는 거 아니었나요?"

"그래서 커피 가져온 거야?"

"네."

이시카와는 피식 웃었다. 하기야 저런 몸으로 출장까지 갔다간 과로로 쓰러질 게 뻔해 보였다.

"그래. 팀장님한테는 내가 대신 간다고 말 좀 해줘."

"네."

"자, 그럼 빨리 끝내고 퇴근하자고. 이제 이것만 끝내면……"

"퇴근 안 됩니다."

"네?"

이시카와를 비롯한 직원들은 눈을 동그랗게 뜨고 고개를 돌렸다. 이제 6시가 다 되어가는데 어째서 퇴근이 안 된단 말인가.

그 시선이 향한 곳에 서 있던 남자는 두꺼운 서류철을 들어 보였다.

"패자부활전 토너먼트 진출 팀이 정해졌으니까, 일단 저녁 먹고 빨리빨리 끝내봅시다."

*   *   *

그램퍼스 주니어의 16강 상대는 도난 클럽(都南クラブ)이라는

명칭의 팀이었다. 나라 현(奈良縣) 대표라는 것 외에는 알려진 게 없는 팀이었는데, 이번 대회 진출도 예상하지 못했던 성과라는 평가를 받고 있었다.

하지만 로드리게스는 방심하지 않았다.

아무리 운이 따라주더라도 실력이 없다면 여기까지 올라올 수 없었다. 비록 1차 리그 탈락 후 패자부활전을 거쳐 올라온 팀이라고 해도, 지역 예선을 1위로 통과했다는 건 무시 못 할 실력이 있다는 이야기였다.

코치인 모아시르도 그와 같은 생각을 하고 있었다. 더구나 패자부활전을 직접 관람하고 온 사람이 다름 아닌 그였던 까닭에, 모아시르는 살짝 긴장한 표정으로 어제 본 내용을 입에 담았다.

"투톱의 공격이 대단한 팀입니다. 수비는 좀 약하지만요."

"기록지는?"

"여기 있습니다."

모아시르는 자료를 전해 주었다. 비록 두 경기만 관람하고 온 탓에 자세한 내용은 나와 있지 않았지만, 4―4―2 포메이션을 기반으로 롱패스를 통한 속공을 진행한다는 점은 알 수 있었다.

"롱패스로 중앙 침투를 시도해 점수를 내는 스타일인가?"

"그런 것 같습니다."

"그런 것치곤 키가 좀 작은 것 같은데."

"공중볼을 따내서 2차적인 공격을 노리는 게 아니라, 넘어온 공을 그대로 따라가서 공격을 시도하는 방식을 선호하는 것 같습니다."

"소년부라 가능한 방식이겠어."

U-12 레벨에서 적극적으로 헤딩을 시도하는 경우는 거의 없었다. 이 시기엔 주로 발밑을 단련시키는 부분에 집중하기도 했고, 본능적으로 공을 피하려는 경향이 강한 시기인 탓도 있었다.

"좋아, 그럼 이렇게 하지."

*   *   *

경기 관람을 나온 이시카와는 자판기에서 꺼내 온 커피 캔을 내려놓고 수첩을 꺼냈다. 일단 업무를 인수받아 나왔으니 체크를 할 건 해야만 했다.

경기는 의외로 일방적이었다.

도난 클럽은 좋은 팀이었다. 팀원들의 능력도 나쁘지 않았고 조직력도 괜찮아 보였다. 팀원들 간의 패스도 유기적으로 돌아갔고, 간간이 보여주는 공격도 나름 위협적이었다.

하지만 한 가지.

그들에겐 특별한 상황을 만들 수 있는 선수가 없다는 문제가 있었다.

그램퍼스 주니어는 도난의 공격을 어렵잖게 막아냈다. 초반 두 번의 위협적인 공격에 정신을 차린 그램퍼스 주니어의 미들과 수비는 존디펜스 방식의 수비를 통해 도난의 침투를 일찌감치 차단했다.

선수 간의 간격을 좁혀 크로스 위주의 공격을 강요하는 한편, 공중볼 싸움에서의 우위를 통해 크로스를 무효화하는 방식의 수비였다. 롱패스에 이은 투톱의 침투가 주요 루트인 도난으로서는 대응하기 어려운 방식이었다.

"저쪽 선수들이 작아서 다행이야."

로드리게스는 작게 중얼거렸다. 도난 클럽의 선수들은 그램퍼스 주니어의 선수들보다 4~5cm는 작아 보였는데, 두 클럽의 연고지가 바로 닿아 있음을 생각하면 고개를 갸웃하게 만드는 일이었다.

그건 두 클럽이 추구하는 방식의 차이였다. 그램퍼스 주니어는 선수에 맞춰 전술을 구성하는 방식을 선택했고, 도난 클럽은 전술에 맞는 선수를 찾아 팀을 구성하는 방식을 선택한 탓이었다.

선수들의 특성을 살려 그때그때 전술을 수정하는 그램퍼스와 패스 위주의 전술에 맞는 선수들을 선발한 도난 클럽.

그것은 다시 말해, 다양한 플랜을 가지고 있는 팀과 그렇지 못한 팀의 대결이란 뜻이었다.

"한 가지 전술만 가지고 운영을 하는 건 위험하지. 마라도 나나 호마리우 같은 선수가 있다면 잘 통하는 전술 하나만 있어도 괜찮겠지만."

로드리게스는 웃으며 말했다.

패스와 침투가 아무리 좋아도 마무리를 지을 선수가 없다면 소용이 없지 않은가.

"윤! 좀 더 위로!"

로드리게스는 오른손으로 상대방의 골문을 가리켰다. 도난엔 없는 특별한 선수를 가지고 있다는 데서 나오는 안도감과 자신감이 섞여 있는 손짓이었다.

민혁은 곧바로 지시에 응했다.

중앙에 자리를 잡았던 민혁은 1선과 2선의 사이로 들어갔다. 그 바람에 중원이 헐거워진 그램퍼스 주니어는 한 차례 위기를 맞았지만, 다행히 도난 클럽의 공격 전술이 예상한 범위 내였던 까닭에 직접적인 슈팅은 막을 수 있었다.

도난 클럽의 감독은 고래고래 소리 질렀다. 상대 팀의 중앙이 헐거워진 상황을 이용하지 못한 선수들이 답답하게 느껴졌던 모양이었다.

'큰일 날 뻔했네.'

민혁은 가슴을 쓸어내렸다. 만약 골을 허용했다면 자신도 책임을 피하지 못할 뻔했던 순간이었다. 다소 급하게 움직인 감이 있었기 때문이었다.

하지만 위기는 이미 지났고, 이젠 역습에 나서야 할 때였다.

"패스! 공 줘!"

민혁은 골키퍼를 바라보며 외쳤다. 공을 받기 위해 3선까지 내려간 채였다.

공은 수비를 거쳐 민혁에게 전달되었다.

민혁은 근처에 있던 상대의 압박을 간단한 볼 터치로 벗어난 후 패스를 넣었다.

"호오……."

경기를 확인하러 온 이시카와는 들고 있던 커피 캔을 내려놓았다. 두 번의 볼 터치에 이은 패스를 보았을 뿐이지만 깔끔하단 느낌이 확연히 느껴지는 동작이었다.

민혁은 다시 돌아온 패스를 받아 중앙을 뚫었다. 라 크로케타로 두 명의 수비를 뚫은 후 질주한 그는 자신을 막아선 수비의 다리 사이로 공을 깔아 찼고, 시야가 가려 공을 보지 못한 도난의 키퍼는 아무것도 하지 못한 채 골을 허용하고 말았다.

"뭐 하는 거야! 정신 안 차려!"

도난의 감독은 모자를 바닥에 집어 던지며 외쳤다. 아무리 수비가 약하다는 평가를 받는 도난이지만 저런 것도 못 막으면 어떻게 경기를 하느냐는 투였다.

하지만 직접 뛰는 선수들은 생각이 달랐다.

'저걸 어떻게 막으라는 거야?'

그들은 민혁을 보며 고개를 저었다. 반칙이 아니라면 도저히 막을 수 없을 것 같은데, 반칙을 했다가는 실점을 할 것 같은 느낌에 발을 뻗을 수도 없었다.

당장 반칙으로 민혁을 막더라도, 세트피스 상황에서 피지컬이 좋은 그램퍼스 주니어의 공격수들을 상대로 공중볼을 따낼 자신이 없었던 탓이다.

분위기를 읽은 도난의 감독은 콧잔등을 찡그린 채 손가락을 움직였다. 수비가 안 된다면 공격으로 이기라는 제스처였다.

한 골을 내주면 두 골을, 두 골을 내어 주면 세 골을 넣어 이기면 되는 것이다.

감독의 지시를 받은 도난의 선수들은 기세를 올려 전진했다. 위험을 감수하더라도 공격을 퍼부어 골을 넣겠다는 생각이 엿보이는 태도였다.

로드리게스도 상황에 맞춘 변화를 시도했다. 수비가 아닌 힘 싸움을 통한 맞대응이었다.

"전방에서 압박하지 마! 중앙에 들어오면 그때부터! 그래!"

지시를 받은 그램퍼스 주니어도 전술을 바꿨다. 경기장의 마지막 3분의 1 지점에서는 압박을 하지 않는 대신 센터서클 근처에서부터 집중적으로 압박을 가하는 방식이었다. 이기고 있기에 가능한 형태의 전술이었다.

도난 선수들의 초조함은 커졌다. 자연히 무리한 침투와 공격이 잦아졌고, 중앙에서의 공간 싸움에서 열세에 놓이자 측면 크로스를 통한 공격을 시도하는 빈도가 늘었다.

그런 식으로 진행되던 도난의 공격이 차단당한 순간, 민혁을 비롯한 그램퍼스 주니어의 공격진은 전방으로 힘껏 달렸다. 그동안 연습해 온 역습 패턴 그대로였다.

크로스를 차단한 수비는 전방을 향해 공을 날렸다. 가장 앞에서 뛰던 모리사키의 헤딩을 기대하고 날린 롱패스였고, 모리사키는 그 의도에 부합하는 행동으로 공을 떨궜다.

떨어진 공은 강영훈의 앞으로 굴렀다. 그는 다가온 도난 풀백의 압박에 대응하는 대신 민혁을 향해 공을 밀었으며, 공을 받은 민혁은 속도를 줄이지 않은 채 페널티박스로 달려들었다.

'터치가 길다!'

상황을 보던 이시카와는 살짝 혀를 찼다. 좋은 기회가 날아가는 느낌이었다.

하지만 그건 민혁이 의도한 상황이었다.

도난의 키퍼는 길게 굴러온 공을 잡으려 몸을 날렸다. 동시에 민혁은 속도를 올려 키퍼보다 한발 먼저 공을 터치했고, 키퍼의 손을 살짝 벗어난 공은 왼쪽 측면으로 데굴데굴 굴렀다.

그리고 뒤이어 움직인 민혁의 왼발.

그것은 공의 밑부분을 가볍게 차올려 골망을 흔들었다. 슬라이딩을 한 골키퍼의 머리를 아슬아슬하게 넘기는 칩샷이었다.

이시카와는 자기도 모르게 입을 벌렸다. 방금 전의 장면은 한 폭의 그림 같았다.

'저건 진짜다.'

그는 들고 있던 커피 캔을 단숨에 비웠다. 너무 놀라운 장면을 보아서인지 급격히 갈증이 몰려든 것이다.

경기를 보는 관중들도 그와 같은 느낌을 받았다. 그램퍼스 주니어를 응원하는 서포터 중엔 자기도 모르게 소리를 지르는 사람도 있었다.

유소년 팀의 경기까지 찾아와 응원을 할 정도의 열혈 팬에게 있어, 이런 환상적인 장면은 더없이 기쁜 선물일 터였다.

2 대 0이란 스코어는 경기의 분위기를 한쪽으로 몰아붙였다. 공격을 나서야만 하는 팀과 역습에 집중하는 팀으로 나뉜 상황이지만, 역설적인 건 역습에 집중하는 팀의 공격력이 공격을 나서야만 하는 팀보다 강하다는 사실이었다.

도난은 또다시 한 골을 허용했다. 왼쪽으로 올라간 민혁의 크로스를 헤딩으로 꽂아 넣은 하라구치의 득점이었다.

"아, 내 건데!"

모리사키는 짜증을 터뜨렸다. 그 안엔 하라구치의 활약으로 인해 느끼는 위기감도 섞여 있었다.

"먼저 넣는 사람이 임자지."

"야!"

"수비나 집중해."

하라구치는 태연히 말하며 아래로 내려갔다. 모리사키를 울컥하게 만드는 대응이었다.

3 대 0이 되자, 도난은 공격을 반쯤 포기하고 수비에 집중했다. 간간이 역습을 하려는 시도는 있었지만 큰 기대는 하지 않는 듯했다. 1점을 넣는 것보다는 더 큰 점수 차로 지지 않는 것에 집중하려 하는 것 같았다.

경기는 굉장히 지루해졌다. 도난이 수비에 집중하면서 그램퍼스 주니어의 공격도 별다른 진전이 없었다. 도난이 수비가 강한 팀은 아니라고 하지만, 단단히 작정을 하고 페널티박스 부근에 머물러 있어서야 쉽사리 뚫을 수 없는 게 당연했다.

그러던 후반 26분. 빈틈을 발견한 민혁의 패스가 측면을 향했다.

하지만 패스에 반응하는 사람은 없었다. 지루해진 경기에 적응해 버린 그램퍼스 주니어의 선수들은 물론이고, 수비에 집중하고 있던 도난의 수비수들조차도 예상치 못했던 패스였다.

한발 늦게 상황을 이해한 모리사키는 이를 악물고 달려 공을 잡았다. 패스를 눈치채는 게 늦은 탓에 완벽한 기회는 날아갔지만, 그래도 한 골도 넣지 못하고 경기를 끝낼 순 없었다.

민혁은 벌써 두 골, 그리고 수비수 출신인 하라구치도 한 골을 넣지 않았느냔 말이다.

"으아아앗!"

모리사키는 힘껏 발을 뻗었다.

공은 힘없이 굴렀다. 디딤 발이 흔들려 힘이 제대로 실리지 않은 탓이었다.

하지만 도난의 수비와 골키퍼는 그 공을 보고만 있었다. 속도는 느렸지만 방향이 좋았던 덕분이었다.

패스 줄기를 따라 몸을 틀었던 도난의 선수들은 공이 굴러가는 방향의 반대쪽으로 무게중심이 쏠려 있던 상태였고, 덕분에 공은 골문 안으로 들어가 골망을 출렁였다.

4 대 0. 그렇지 않아도 의욕을 잃었던 도난의 패배를 확정 짓는 골이었다.

그 골을 끝으로 경기는 끝났다. 그램퍼스 주니어의 8강 진출이었다.

"후우……."

민혁은 코치가 건네준 수건으로 땀을 닦으며 복도로 향했다. 오늘 경기는 여기서 끝이지만 바로 내일 경기가 있으니 최대한 쉴 생각이었다.

하지만 아직은 쉴 때가 아닌 모양이었다.

"윤?"

"…누구세요?"

민혁은 자신을 막아선 남자를 힐끗 보았다. 자신의 성을 부르는 걸 보니 처음부터 작정하고 온 것 같았다.

질문을 받은 남자는 웃으며 말했다.

"잠깐 이야기 좀 할 수 있을까?"

*   *   *

민혁은 황당함에 사로잡혔다.

"저 이제 겨우 12살이거든요? 아, 일본 나이로는 11살이고요."

"알아."

이시카와는 웨이트리스가 가져온 커피 잔을 받아 입에 대었다. 민혁의 앞에는 레몬이 들어간 사이다가 있었는데, 어린애는 커피를 마시면 안 된다는 이시카와의 고집 때문이었다.

'아, 서럽다.'

민혁은 사이다를 한 모금 마시며 속으로 투덜댔다. 간간이 코치용으로 준비된 인스턴트커피를 빼내어 마시는 것 외엔 커피를 마실 수 없는 현실에 탄식이 절로 나올 지경이었다.

커피 잔을 내려놓은 이시카와는 하던 말을 이어나갔다.

"11살이니까 오히려 잡음이 적지. 어릴 때부터 일본에서 살려고 귀화를 했다고 하면 한국에서도 딱히 뭐라고 할 수 없을 테니까."

"저 일본에서 살 생각 없어요."

"응?"

"전 그냥 벵거 감독님한테 배우려고 일본으로 온 거지, 일본 축구가 수준이 높다고 생각해서 온 게 아니거든요."

이시카와는 인상을 썼다. 일본 축구가 수준이 높지 않다는 말은 부정할 수 없는 사실이지만, JFA 기술 위원인 그의 입장에선 마음에 들지 않는 이야기였다.

하지만 민혁의 말은 영입에 대한 욕심에 불을 붙였다. 승부욕의 발동이었다.

"이건 사실 비밀인데… 우린 세리에와 라리가, 그리고 분데스리가와 협정을 준비하고 있어. 네가 귀화하고 일본 대표가 되면 유럽 유학도 시켜줄 수 있다는 소리지. 물론 중학생 단계에서 대회 베스트에 들어야 가능하겠지만, 그거야 너 정도라면 충분할 거고."

이야기를 들은 민혁은 가볍게 웃었다. 분명히 구미가 당길 이야기긴 했지만 민혁에겐 아무 메리트도 없는 제안이었다. 내년에 벵거가 아스날로 가게 된다면 자신도 아스날 유스로 들어가게 될 터이기 때문이었다.

"딱히 생각 없는데요?"

"음… 네가 아직 어려서 잘 모르나 본데, 유럽은…….."

"유스 시스템이 아주 잘 갖춰져 있죠. 특히 AFC 아약스 아카데미나 바르셀로나의 라 마시아, 그리고 레알 마드리드의 라 파브리카는 세계 어디에 내놓아도 뒤떨어지지 않는 코치진과 커리큘럼을 가지고 있고요. 아마 일본 유스 시스템보다 20년은 앞서 있겠죠."

"라 마시아?"

"농장이란 의미의 스페인어예요. 라 파브리카는 공장이란 의미고. 바르셀로나는 유소년을 길러낸다는 의미로 농장이라는 의미의 단어를 쓰고 있고, 레알 마드리드는 바르셀로나의 라이벌이라서 그 반대 의미의 단어로 불리는 거고요."

이시카와는 혀를 내둘렀다. 어째 자신보다 훨씬 더 상황을 잘 알고 있는 것 같았다.

"그래, 그런데 왜 거절하는 거지? 이대로 그램퍼스에서 배우는 것보다 유럽으로 유학을 가는 게 훨씬 낫잖아?"

"그거야 제 마음이죠."

민혁은 어깨를 으쓱했다. 여기서 굳이 내년에 잉글랜드로 갈 예정이라고 말할 필요는 없었다.

거기에 세리에와 라리가에 대한 J리그의 교섭이 실패할 거란 이야기를 하는 것도 탐탁지 않았고, 분데스리가와의 협약도 10년은 더 있어야 성공할 거라는 말을 하는 것도 별로 내키지 않았다. 지금 그런 말을 해봐야 미친 소리로만 들릴 게 뻔하니 말이다.

'뭐… 갈 수만 있다면 바르셀로나로 가는 게 낫긴 하지. 거기서 이니에스타랑 같이 뛰면서 호나우두랑 호나우딩요한테 배울 수 있으면 최고일 테니까.'

민혁은 문득 아쉬움을 느꼈다.

아르센 벵거를 따라 아스날로 가더라도 그런 선수들과 함께 뛰게 되는 건 성인 팀에 올라간 후일 터였다. 아스날이 스타플레이어를 육성하는 팀이란 이미지가 강하긴 했지만, 사실은 토니 아담스와 애슐리 콜 이후 월드 클래스라 불릴 만한 선수를 육성해 내는 데엔 실패한 팀이니 말이다.

그나마 내세울 수 있는 건 세스크 파브레가스와 잭 윌셔, 그리고 헥토르 벨레린 정도겠지만, 파브레가스와 벨레린은 라 마시아에서 성장해 건너온 선수였고 잭 윌셔는 부상으로 인해 성장이 둔화되어 버린 비운의 유망주였다.

다시 말해, 애슐리 콜 이후로는 처음부터 아스날 유스에서 성장해 월드 클래스가 된 선수가 없다는 뜻이었다.

"갑자기 불안해지는데……."

"응?"

"아, 그냥 혼잣말이에요."

민혁은 이시카와의 시선을 흘려보내며 생각에 잠겼다.

고민하던 민혁은 스며드는 불안을 애써 지웠다. 생각해 보면 90년대 초반의 맨체스터 유나이티드와 2000년대 초반의 바르셀로나 정도를 제외하면 월드 클래스를 몇 명이나 길러낸 팀은 찾아보기 어려웠다.

사실, 바르셀로나의 라 마시아에 버금간다는 레알 마드리드의 라 파브리카에서도 1군에 진입한 유스는 구티와 카시야스 정도가 끝이었다. 라울이나 캄비아소도 유스 출신이긴 하지만 라 파브리카에서 성장한 건 고작 2년이니까.

하지만 레알 마드리드가 아닌 라리가 전체로 범위를 넓히면 라 파브리카 출신이 가장 많았고, 그것은 유스 시스템의 문제가 아니라 뛰어난 재능이 들어오지 않은 게 문제라는 결론을 내리게 했다.

'그러고 보니… 사무엘 에투도 라 파브리카 출신이었지?'

막 떠오른 생각은 민혁의 불안을 덜어내었다. 아스날 유스도 레알 마드리드의 라 파브리카와 다르지 않다는 느낌이었다.

비록 월드 클래스로 불리는 선수는 길러내지 못했으나, 2000년대 초반까지만 해도 EPL에서 뛰는 선수들을 가장 많이 길러낸 곳 중 하나가 바로 아스날이었다. 대부분 하위 팀에서 뛰기는 했지만 말이다.

'아직은 열심히 배우고 있겠지.'

민혁은 피식 웃었다. 그러고 보면 무패 우승의 주역인 애슐리 콜도 지금은 아스날의 하위 클럽에서 포지션을 정하고 있을 터였고, 얼마 후엔 제 2의 베컴이라 불리게 될 데이비드 벤틀리가 아스날 유스로 입단할 터였다.

웨스트햄이나 사우스햄튼 유스에서 더 좋은 선수들이 나왔는데도 아스날 아카데미의 명성이 높았던 건 아르셴 벵거의 명성 때문이기도 했지만, 육성 시스템 자체의 성과도 한몫을 했던 것이다.

"하긴. 영국이야 유소년 모집에 거리 제한을 둬서 재능을 모으는 데 한계가 있었을 거고……."

"무슨 소리지?"

"네?"

"방금 한 말."

이시카와는 눈을 가늘게 뜬 채 민혁을 보았다. 아무리 생각해도 12살, 일본 나이로는 11살인 꼬마의 입에서 나올 만한 이야기가 아닌 것 같았다.

민혁은 어깨만 으쓱하며 컵을 들었다. 생각을 많이 해서인지 뇌가 당분을 요구하는 느낌이었다.

그는 사이다를 한 모금 마신 후 입을 열었다.

"아무튼 일본에 귀화는 안 해요."

"하는 게 좋을 텐데."

"왜요?"

"한국인은 군대 가야 하잖아. 그것도 3년이나."

"윽."

다시 컵을 기울였던 민혁은 입안에 들어온 사이다를 뿜을 뻔했다. 잊고 있던 군대에서의 기억이 머릿속에 떠오른 탓이었다.

잠시 켁켁거리던 민혁은 입가를 닦아내며 말했다.

"올림픽 메달 따면 되죠. 아니면 아시안게임 금메달이라거나."

"한국이?"

"못 할 건 또 뭐예요?"

민혁은 자신 있게 이야기했다. 올림픽이나 아시안게임으로 면제 조건을 달성할 수 있을 거란 생각이었다.

좀 더 정확히 말하면, 올림픽 메달이나 아시안게임 금메달도 염두에는 뒀지만 그보다는 2002 월드컵과 2006 월드컵 16강 달성에 좀 더 무게를 두고 있었다.

그 두 대회에선 월드컵 16강 달성에 군 면제가 걸렸던 시기였다. 물론 회귀 전의 일이지만, 아마 이번에도 별반 다르지 않을 터였다. 2002년에 한국과 일본에서 월드컵이 열리는 건 이미 정해진 사실이니까.

때문에, 실력을 길러서 국가대표에 뽑히기만 한다면 군면제의 가능성도 충분히 있었다.

'2002년에 안 되면 노력 좀 해야겠지만.'

민혁은 살짝 미간을 좁혔다. 2002년의 대한민국은 월드컵 4위의 성적을 거뒀지만, 2006년의 대한민국은 월드컵 16강 진출에 실패했다는 기억이 있었던 탓이었다.

하지만 좁혀진 미간은 금세 펴졌다. 이대로 축구를 계속하게 된다면 틀림없이 국가대표에 선발될 터였고, 그렇게 된다면 2006 독일 월드컵에서도 2002 한일 월드컵 못지않은 성적을 내게 할 수 있으리란 자신감이 있었다.

"몇 번을 권유해도 일본에 귀화는 안 할 거니까 일본 애들한테나 신경 쓰세요."

"그래?"

"네."

이시카와는 못마땅한 표정을 지었다. 이 정도로 생각이 확고하면 몇 번을 권유해도 소용없을 터였다.

그는 명함을 한 장 꺼내 내밀었다.

"생각 바뀌면 연락해라."

"아마 안 바뀔걸요."

민혁은 그렇게 말하면서도 명함을 받아 주머니에 넣었다. 일본으로 귀화할 생각은 없지만 건네받은 명함을 눈앞에서 구길 수는 없는 일이었다.

이시카와는 구겨졌던 표정을 조금 풀었다. 명함을 받은 걸 보고 가능성이 없지는 않다고 판단한 모양이었다.

"그럼 천천히 마시고 나와라."

이시카와는 계산을 끝내고 밖으로 나갔고, 민혁은 가게를 나서는 이시카와를 보며 중얼거렸다.

"글쎄 그럴 일 없다니까……."

＊　　　　＊　　　　＊

그램퍼스의 8강 상대는 도쿄 도 대표로 대회에 나선 부로쿠(府ロク) SC였다. 본래대로라면 대회 4위를 기록했어야 할

팀으로, 지금까지 단 한 번의 무승부도 없이 8강에 올라온 팀이었다.

다시 말해, 무시할 수 없는 강팀이란 이야기였다.

그 부로쿠 SC의 감독은 JFA에서 나온 기술 위원과 면담을 나누고 있었다. 표면적으로는 상황 점검이란 명목이었지만, 그 기술 위원의 손에서 건네진 봉투는 진짜 이유가 따로 있음을 알리고 있었다.

봉투를 열어본 부로쿠 SC의 감독은 어색한 표정으로 상대를 보았다.

"저희로서는 감사한 일입니다만……."

부로쿠 SC의 감독은 당황스러움이 섞인 얼굴로 상대를 보았다. JFA 기술 위원이라는 시로야마 가츠토시가 내민 서류엔 다음 경기 심판의 목록과 성향, 그리고 상대 팀인 나고야 그램퍼스 주니어의 모든 기록이 적혀 있었기 때문이었다.

한참 뒤에야 당황을 지워낸 그는 서류를 내려놓고 입을 열었다.

"이게 알려지면 JFA가 난처해질 텐데요."

"알리실 겁니까?"

부로쿠 SC의 감독은 고개를 저었다. 미치지 않고서야 어떻게 JFA의 부정을 알릴 수 있겠느냔 표정이었다.

시로야마는 웃으며 말했다.

"그럼 아무 문제도 없는 거 아닙니까."

"그건 그렇습니다만……."

잠시 말을 끌던 부로쿠 SC의 감독은 자신에게 호의를 베푸는 이유를 물었다. 아무리 생각해도 JFA의 기술 위원이 이런 결정을 내릴 이유가 없었다.

J리그 참가 팀 산하의 유스인 그램퍼스 주니어에게 유리한 결정을 내리면 내렸지, 지방의 독자적인 클럽인 부로쿠 SC에게 유리한 행동을 할 만한 이유가 어디 있는가 싶은 게 그의 심정이었다.

질문을 받은 시로야마는 두 손을 살짝 들며 이야기했다.

"물론 그램퍼스 주니어도 좋은 팀이죠. 하지만 거기엔 조선인이 둘이나 있지 않습니까."

"저희 팀에도 조선인은 있습니다만……."

부로쿠 SC의 감독은 의아함을 감추지 못했다. 조선인이 있는 게 문제라면 자신의 클럽도 다를 바 없기 때문이었다.

시로야마는 조금 전 보인 것과 같은 웃음을 지으며 말했다.

"하지만 부로쿠의 조선인은 주전이 아니죠. 게다가 8강에선 출전하지 않을 거고요."

"음……."

신음의 끝은 고개를 끄덕이는 행동으로 이어졌다. 시로야마가 원하는 대로 하겠다는 뜻이었다.

시로야마는 만족스러운 표정으로 악수를 청하며 입을 열었다.

"부로쿠의 승리를 기원하겠습니다."

*   *   *

시로야마는 손톱을 물어뜯었다. 생각과 너무 다른 상황에
분통이 터질 지경이었다.

부로쿠 SC는 그가 준 자료를 바탕으로 효과적인 전술을 수
행하고 있었다. 그램퍼스 주니어의 에이스인 민혁에 대한 전담
마크를 배치하는 것은 물론, 2 대 1 패스에 대한 대응도 나쁘
지 않았다. 시로야마로 하여금 자료를 건네준 보람을 느끼게
하는 플레이였다.

하지만 스코어는 2 대 0이었다. 민감한 성향의 심판이 잡아
낸 두 번의 반칙이 원인이었다.

페널티박스 바로 바깥에서의 프리킥은 모리사키의 헤딩골
로 이어져 1 대 0이 되었고, 뒤이어 지적된 박스 안에서의 반
칙이 PK로 이어져 모리사키의 두 번째 골로 연결되었다. 부로
쿠 SC로서도 어쩔 수 없는 실점이었다.

시로야마는 짜증을 터뜨리며 민혁을 노려보았다. 골로 이어
진 프리킥과 박스 안에서의 PK 모두가 민혁의 드리블로 인해
만들어진 기회였다.

골을 기록한 건 모리사키였지만, 그 골의 기점이 민혁이란
사실이 그를 불쾌하게 하는 원인이었다.

"망할 조센징……."

그는 허공에 주먹을 휘둘렀다. 5년 전 마음에 두고 있던 여자를 빼앗아 간 재일 한국인의 모습이 눈앞에 떠올랐기 때문이었다.

사실 그가 우익 성향을 띠게 된 것도 그 일 때문이었다. 그때 느낀 패배감이 어찌나 강렬했던지, 눈에 보이는 한국인들에 대한 증오를 품지 않고서는 견딜 수 없었다.

"경기 참 재밌네요."

"이시카와 씨?"

눈에 불을 켜고 고개를 돌렸던 시로야마는 담배를 꼬나문 이시카와를 발견하고는 미간을 좁힌 채 질문을 던졌다.

"오미야 경기에 배치된 거 아니었습니까?"

"이 경기가 재미있을 것 같아서 바꿔달라고 했죠. 서류 처리가 좀 늦어서 경기장엔 지금 왔고요."

이시카와는 시로야마의 옆자리에 앉아 경기장을 보았다. 마침 민혁이 공을 잡는 순간이었다.

"저 꼬마 어떻습니까?"

"나보고 조선인 평가를 하라는 겁니까?"

시로야마는 퉁명스레 말하며 고개를 돌려 버렸다. 가볍게 고개를 저은 이시카와는 그에게서 시선을 떼어 경기장을 바라보았다. 민혁이 어떻게 공격을 이어갈지에 대한 기대도 섞인 눈빛이었다.

민혁은 바짝 달라붙는 전담마크를 힐끗 보곤 발바닥으로 공을 굴려 반 바퀴 돌았다. 몸싸움을 걸었던 부로쿠 SC의 미드필더는 민혁의 움직임에 휘말려 중심을 잃고 휘청였고, 압박에서 벗어난 민혁은 그대로 공을 툭 차고 달려 전방으로 침투했다.

부로쿠 SC의 수비는 민혁을 향해 몰려들었다. 그들을 본 민혁은 수비 너머로 공을 띄워 측면의 강영훈에게 공을 넘겼으며, 강영훈은 수비수들의 시선이 움직인 사이 다시 중앙으로 뛰어든 민혁에게 공을 건넸다. 몇 번이나 연습한 2 대 1 패스였다.

박스로 침투한 민혁은 왼발로 공을 밀어 넣었다. 골키퍼가 반응하기 힘든 타이밍을 노리고 들어간 슛이었다.

골망은 다시 한번 출렁였다. 3 대 0 이었다.

"일본에도 저런 선수가 필요한데 말입니다."

이시카와는 물고 있던 담배를 내려놓고 말했다. 일본엔 민혁과 같은 수준의 유소년이 없다고 말하는 듯한 표정과 목소리였다.

시로야마는 이마에 핏대를 세웠다.

"그래서 우리가 있는 거 아닙니까. 조선인 칭찬을 할 시간에 우리 일본의 동량들을 키워낼 생각을 하세요!"

"글쎄… 재능 있는 선수는 공장에서 찍어낼 수 있는 게 아니라서 말이죠."

시로야마는 이를 갈며 고개를 돌렸다. 그 역시도 기술 위원으로 일하는 동안 느낀 사실이라 반박을 할 생각은 들지 않았다.

그를 잠시 보던 이시카와는 폐에 남아 있던 담배 연기를 뿜어내며 말을 이었다.

"어떻게든 귀화를 시키고 싶은데."

"귀화요?"

"네."

"무슨 말도 안 되는 소릴……."

이시카와는 고개를 돌려 시로야마에게 질문을 던졌다.

"왜 말이 안 된다는 거죠?"

"일본 대표 팀은 일본인의 자존심입니다. 어디 감히 조선인이……."

시로야마는 목에 핏대까지 세웠다. 이야기를 듣는 이시카와로서는 헛웃음이 나오는 반응이었다.

"그 자존심에 브라질인은 허용되나 보군요."

"어디나 예외는 있는 겁니다. 라모스 루이는 일본에 완전히 동화된 사람이에요. 그는 엄연히 사무라이 스피릿을 가진 일본인……."

"로페스 와그너를 염두에 두고 한 말입니다. 로페스는 일본어도 못 하잖아요?"

"……."

시로야마는 이를 갈았다. 이시카와가 하려는 말은 뻔했다. FC 혼다에서 뛰고 있는 브라질인인 로페스 와그너에 대한 귀화 여론을 인정한다면, 한국인을 귀화시키려 하는 것도 인정해야 하지 않겠느냔 이야기가 분명했다.

이시카와는 빈 커피 캔을 살짝 기울이다 내리며 말을 이었다.

"우리 일본엔 뛰어난 공격수가 없어요. 가마모토 구니시게 이후로 공격수의 명맥이 끊겼다는 건 시로야마 씨도 알고 있을 거 아닙니까."

"미우라가 있지 않습니까."

"미우라는 아시아 레벨에서나 통한다는 게 이미 증명됐으니까요. 가마모토와는 다르죠."

시로야마는 딱히 반박하지 못했다. 그가 생각하기에도 두 선수의 레벨엔 차이가 있었다.

가마모토 구니시게는 A 매치 기준으로 61경기 55골을 기록했으며, 당시까지만 해도 나름의 권위를 지니고 있던 올림픽 축구에서 득점왕을 기록해 일본에게 동메달을 안겨준 선수였다.

거기에 세레소 오사카의 전신인 얀마 디젤 시절엔 감독 겸 선수로 뛰면서도 우승을 차지한 기록까지 있는, 그야말로 일본의 달글리쉬라 할 만한 사람이었다.

하지만 그 후로는 세계에서 통하는 레벨의 공격수가 나오지 않은 일본이었다. 조금 전 언급된 미우라 가즈요시도 좋은 공격수라는 이야기를 할 정도는 됐지만, 아시아권을 넘어선 국가를 상대로는 별다른 힘을 발휘하지 못했다.

그런 현상은, 다시 말해 세계적인 공격수의 부재는 계속되었다. 민혁이 회귀하던 시점인 2018년까지도 말이다.

당연히, 이 시기의 일본에도 세계 레벨이라 할 만한 공격수는 없었다. 차범근과 최순호, 그리고 지금에 이르러선 황선홍이라는 걸출한 공격수가 나온 한국과 비교하면 한숨만 나오는 상황이었다.

새삼스레 씁쓸해진 이시카와는 무릎을 살짝 짚으며 말했다.

"저런 유망주가 일본인이 된다면 공격수 부재도 해결할 수 있겠죠."

"그럴 바에야 브라질 유망주를 데려오는 게 나을 겁니다."

시로야마는 인상을 쓰며 답했다. 설령 귀화를 받는다고 해도 한국인보다는 브라질인이 낫다는 이야기였다.

"태어난 나라보다는 실력이 있느냐 여부가 중요하죠."

"이시카와 씨."

시로야마는 기록지를 움켜쥔 채 짜증스레 말했다.

"당신이 어떻게 말해도, 난 조선인을 귀화시켜야 한다는 데에 동의할 수 없어요. 알았습니까?"

"저도 당장 그러자는 건 아닙니다. 퇴짜 맞았거든요."

"뭐요?"

이시카와는 피식 웃으며 고개를 저었다. 지난번 카페에서의 대화가 머릿속에 떠오른 그였다.

"해외 유학을 미끼로 낚으려고 했는데 거절하더군요. 병역 이야기까지 꺼냈는데도 올림픽이나 아시안게임에서 메달을 딸 자신이 있다면서 거부했고 말이죠."

"건방진⋯⋯."

"그만큼 자신이 있다는 거겠죠."

이시카와는 기록지를 흔들었다. 이번 대회 득점 랭킹이 적힌 기록지였다.

"기록만 봐도 자신감을 가질 법하다는 생각 안 드십니까?"

"아직 대회 안 끝났습니다."

이시카와는 시로야마의 반박을 듣고는 어깨만 으쓱였다. 이 경기가 끝나면 남는 건 고작 두 경기인데, 그 두 경기에서 엄청난 이변이 일어나지 않는 한 순위가 바뀔 것 같지는 않았기 때문이었다.

하지만 여기서 굳이 그 점을 지적할 필요는 없었다. 괜히 말싸움으로 시간을 소모하는 건 쓸데없는 에너지 낭비니 말이다.

"일단 경기나 보죠."

이시카와는 경기장을 향해 시선을 옮겼고, 시로야마도 불편한 표정으로 경기장을 바라보았다.

공을 가지고 있던 부로쿠 SC의 미드필더는 전방을 힐끗 보곤 공을 돌렸다. 그램퍼스 주니어의 수비에도 허점은 있었지만, 3 대 0인 상황에서 역습으로 골을 얻어맞으면 희박하게나마 남아 있는 가능성도 사라질 거라는 압박감 때문이었다.

빙빙 돌아가던 공은 윙을 거쳐서야 전진했다. 속도에 자신이 있던 부로쿠 SC의 오른쪽 윙은 그램퍼스 주니어 풀백을 속도로 제치고 달려 크로스를 날렸다.

공의 낙하점을 잡은 그램퍼스 주니어의 중앙수비는 떠오른 공을 헤딩으로 밀어냈다. 하지만 그 공은 중앙으로 달려들던 부로쿠 SC 공격수의 발끝에 걸렸고, 그는 전력을 다한 중거리포로 1점을 만회했다.

3 대 1. 부로쿠 SC에게 희망을 안겨주는 골이었다.

"좋아! 그거야!"

부로쿠 SC의 감독은 환호했다. 매끄럽게 전개된 공격에 숨통이 트이는 느낌이었다. 이런 방식이 계속 통하리라는 보장은 없지만, 지금까지 시도했던 방식 중 가장 효과적이라는 판단이 들고 있었다.

"지금처럼! 지금처럼 해!"

그는 선수들을 독려하며 수신호를 날렸다. 속도를 이용해 수비를 뚫으라는 지시였다.

부로쿠 SC의 공격은 활기를 찾았다. 그램퍼스 주니어의 수비가 공격만큼 강하지는 않다는 부분을 눈치챈 덕분이었다.

"골치 아프군."

로드리게스는 이마를 긁었다. 소년부 경기는 분위기를 타는 경우가 많았다. 그렇게 자주 있는 일은 아니지만 5 대 0으로 이기던 경기가 뒤집히는 경우도 있었고, 한 점도 못 내던 팀이 기세를 잡아 5분 만에 3골을 밀어 넣는 경기도 종종 나왔다. 아무리 조직력을 다져도 커버할 수 없는, 수비 경험의 부재라는 부분이 있기 때문이었다.

더구나 그램퍼스 주니어는 수비가 강한 팀도 아니었다.

그램퍼스 주니어가 8강에 올라온 건 민혁 덕분이라 말해도 과언이 아니었다. 그램퍼스 주니어는 엄청난 공격력으로 다득점을 기록하며 올라온 팀이었는데, 그 다득점의 절반 이상이 민혁의 발끝을 통해 나왔으니 말이다.

그램퍼스 주니어의 실점이 적은 것도 수비가 아닌 공격력 덕분이었다. 빠른 시간 내에 골을 터뜨려 승기를 잡은 그램퍼스 주니어는 무리하게 공격을 시도하는 상대 팀을 역습해 추가골을 넣는 경기가 많았고, 기록을 통해 그런 패턴을 파악한 상대 팀이 신중하게 경기를 운영한 결과 경기당 1실점 이하라는 기록이 나왔던 것이다.

미간을 찌푸리고 있던 로드리게스는 민혁을 향해 외쳤다.

"윤! 한 골 더 넣어!"

그는 공격에 집중한다는 결정을 내렸다. 한 점을 더 내주더라도 두 골을 더 넣으면 된다는 생각이었다.

그로부터 10여 분 후. 두 팀의 경기는 변동 없이 끝났다. 그 램퍼스의 역습으로 위기를 느낀 부로쿠 SC가 움츠러들면서 경기가 지루해진 영향이었다.

스코어 3 대 1. 그램퍼스 주니어의 4강 진출이 결정된 순간 이었다.

시로야마는 욕설을 뱉으며 자리를 떴다.

"한심하긴."

이시카와는 시로야마가 두고 간 기록지를 들어 올렸다. 그래도 업무 의식은 투철한지 기록은 상세히 남아 있었다. 민혁에 대한 평가는 C+로 되어 있었지만 말이다.

그 평가를 보고 고개를 젓던 이시카와는 주머니의 진동을 느끼곤 핸드폰을 꺼냈다. 24개월 할부로 산 모토로라 스타택(starTAC)이었다.

"네, 이시카와입니다. 여긴 그램퍼스 주니어가 이겼습니다. 그쪽은… 아, FC 오미야인가요."

이시카와는 가지고 있던 서류에 기록을 추가한 후 말을 이었다.

"네, 그럼 다음 경기장에서 뵙겠습니다."

＊　　　＊　　　＊

FC 오미야는 도쿄 인근에 있는 사이타마 현의 대표였다. 특이한 점은 모든 경기를 1 대 0으로 이기고 올라왔단 점이었다. 아마도 수비와 역습을 중시하는 팀일 거란 생각이 들게 하는 지표였다.

8강 경기를 보고 온 코치의 증언도 그와 같았다. FC 오미야를 상대하려면 역습에 주의를 해야 한다고 연거푸 강조를 했고, 세트피스에 집중하지 않고는 수비를 뚫을 수 없을 거란 내용이 뒤를 이었다.

"세트피스라……."

로드리게스는 고민 끝에 스쿼드 배치를 바꿨다. 최근 득점력이 오른 하라구치를 공격으로 올려 3톱 형태의 공격진을 갖추고, 그 아래에 민혁을 배치하는 4—2—1—3 형태의 진형이었다.

수비형미드필더의 능력이 부족한 그램퍼스 주니어로서는 약간의 모험을 감수하는 형태였지만, 공격에 집중해 활로를 찾겠다는 계획이었다.

그런 결정을 내린 다음 날, 도쿄 남부 이나기 시(市)에 있는 요미우리 랜드에서 그램퍼스 주니어와 FC 오미야의 4강전이 열렸다.

FC 오미야는 1차 리그에서 만난 히타치와는 다른 방식의 수비를 구사했다. 히타치가 60년대 밀란의 카테나치오를 표방하는 수비를 했다면, 이번에 만난 FC 오미야는 2004년 무리뉴의 첼시와 비슷한 느낌의 전술을 사용하고 있었다.

물론 그 짜임새나 세부적인 전술은 한참이나 떨어지는 열화판이었지만.

그로 인해, 민혁은 히타치를 상대할 때보다 수월하게 수비를 헤집고 있었다. 세트피스가 아니면 수비를 뚫을 수 없을 거라던 코치를 민망하게 만드는 활약이었다.

FC 오미야의 전술이 히타치의 전술보다 훨씬 더 발전한 형태긴 했지만, 회귀 전 EPL을 자주 보던 민혁으로서는 오히려 이게 더 편했다. 어떤 식으로 상대를 해야 하는지 알기 때문이었다.

거기에, 민혁은 FC 오미야가 가진 약점도 쉽게 찾았다. 후방 미드필더의 기동력 문제였다. 무리뉴와 같은 방식의 4―3―3 수비 전술이라면 연속적인 트라이앵글을 형성해 압박을 가하고 횡패스를 유도해야 성공할 수 있지만, FC 오미야의 미드필더들에겐 그만한 역량이 없었다.

무엇보다, 후방 미드필더의 기동력이 부족해 전진패스를 쉽게 넣을 수 있다는 부분이 전술적인 문제로 작용하고 있었다.

민혁은 그 점을 적극 활용했다. 대각선 방향의 드리블로 트라이앵글 형태의 포위망에 갇히는 것을 피한 후 2 대 1 패스나 전진패스를 통해 수비망을 분쇄하려 시도했으며, 그 시도는 70% 이상의 성공을 거뒀다.

다시 말해, 함께 출전한 그램퍼스 주니어의 나머지 선수들이 공을 받지 못하는 경우를 제외하면 모든 시도가 성공을 거뒀다는 이야기였다.

그로 인해 얻은 성과는 컸다.

전반이 끝나고 기록된 스코어는 무려 5 대 0.

FC 오미야로서는 도저히 납득할 수 없는 점수 차였다.

"저기 벌써 난리 난 모양인데요?"

"그렇겠지."

로드리게스는 TV 중계진이 있는 곳을 힐끗 보았다. 그래도 4강이라 그런지 중계진의 규모가 꽤 큰 느낌이었다.

방송이 시작된 건 토너먼트에 들어서면서부터였다. 하지만 8강까지만 해도 카메라 두 대와 해설진 두 명이 전부였음을 생각하면 느낌이 달라지는 것도 이상하지 않았다. 이 경기에 선 그 네 배에 달하는 여덟 대의 카메라가 배치되어 있었고, 해설진도 한 명이 추가되어 세 명이 있었기 때문이었다.

세 명의 해설진은 진지한 표정으로 이야기를 나누고 있었다. 하프타임 동안 나가는 방송이니 만큼 전반전에 있었던 상황에 대한 설명이 주를 이룰 터였다.

'후반엔 선수를 아껴도 되겠어.'

로드리게스는 민혁을 보았다. 풀타임을 뛸 체력은 충분해 보였지만, 내일 있을 결승전을 생각하면 민혁을 이쯤에서 아끼는 게 나았다.

1 대 0이나 2 대 0 정도라면 모를까, 무려 5 대 0의 상황에서 에이스를 계속 뛰게 할 이유는 없었다.

"윤, 후반에 교체다."

"저 아직 뛸 수 있는데요?"

"내일이 결승이다. 거기서 뛰어."

민혁은 어깨를 으쓱해 보이곤 축구화를 벗었다.

로드리게스는 미드필더 전원을 교체시켰다. 내일 있을 결승전은 미드필더 싸움을 통해 이기겠다는 의도가 보이는 선택이었다.

"무리할 거 없다. 후반엔 천천히 공을 돌리면서 점수 차를 유지해. 한 골이나 두 골은 내줘도 되니까 급하게 할 거 없다."

"네!"

"좋아."

로드리게스는 고개를 끄덕인 후 선수들을 경기장에 들여보냈다. 이제 마음 놓고 경기를 보기만 하면 될 것 같았다.

하지만 후반에 들어, 상황은 완전히 역전되었다.

FC 오미야의 역습은 방심하고 있던 그램퍼스 주니어를 당황시켰다. 후반 4분과 7분, 그리고 16분에 역습을 통한 골을 성공시켜 5 대 3으로 따라잡았고, 한껏 여유를 가지고 있던 그램퍼스 주니어는 사냥꾼에게 쫓기는 사냥감의 심정을 느끼며 굳어버렸다.

로드리게스는 입술을 깨물었다. 결승전을 대비해 민혁을 뺀 것이 실수라고 느껴지는 순간이었다.

FC 오미야의 공격은 속도를 살린 역습이었다. 민혁이 빠진 그램퍼스 주니어의 공격력은 절반 이하로 줄어든 상태였고, 그로 인해 부담이 사라진 FC 오미야는 재역습에 대한 부담을 덜고 공격에 집중할 수 있었다.

그 결과가 지금의 스코어.

자칫 잘못하다간 말도 안 되는 역전을 허용할지도 모른다는 위기감이 그램퍼스 주니어를 덮쳤다.

민혁은 피로를 느끼는 동료들을 보고는 눈썹을 꿈틀했다. 추격을 당하는 상황에서 체력 저하까지 느낀다면 반응이 둔화될 게 뻔했다. 이대로라면 역전을 허용하는 것도 충분히 가능해 보였다.

상황 판단을 끝낸 민혁은 로드리게스에게 다가가 말했다.

"저기, 감독님."

"뭐지?"

"미드필더를 추가로 투입하는 게 어때요?"

로드리게스는 미간을 좁히며 고개를 돌렸다. 민혁의 목소리만 아니었으면 불쾌감을 터뜨릴 뻔한 순간이었다.

"나도 그게 해법이라는 건 알아. 하지만 공격을 포기했다간 두들겨 맞다가 끝나게 되겠지. 이미 기세를 잃은 상태에서 수비만 했다간 어떻게 될지는 너도 알잖아?"

"공격을 포기할 필요는 없는데요?"

"응?"

"우리 공격수들 전부 다 몸싸움 잘하잖아요. 중원에 붙여서 몸싸움 시키고, 미드필더가 공을 뺏으면 그때부터 다시 공격에 들어가면 될 것 같은데요?"

"그러면 결승에서… 아니, 아니다. 일단 이기고 봐야지."

로드리게스는 숨을 길게 내쉬었다. 결승을 생각하면 공격수들의 부담을 가중시키는 건 해서는 안 될 선택이지만, 일단 결승에 올라가려면 이번 경기를 이겨야 했다.

"마츠다! 하라구치! 아래로 내려가서 미들에 붙어! 빨리!"

그는 고래고래 소리 질렀다. 타이밍을 놓치면 늦는다는 생각이었다.

하라구치의 2선 배치는 효과를 발휘했다.

그동안 수비수로 활동했던 그는 볼을 탈취하기 위한 몸싸움에 익숙했다. 그렇지 않아도 힘 싸움에 밀리던 FC 오미야의 미드필더는 공을 받기에 앞서 자리싸움을 하는 단계에서부터 밀려 버렸고, 그를 향해 굴러온 공은 몸싸움에서 승리한 하라구치의 차지가 되었다.

하라구치는 전방으로 공을 날렸다. 역습의 시작이었다.

가슴으로 공을 받은 모리사키는 주저 없이 골문으로 슛을 날렸다.

오미야 골키퍼는 모리사키의 슛을 쳐냈다. 그 공은 오미야 수비의 발치에 떨어졌고, 수비는 급하게 공을 날렸다. 일단 위기에서 벗어나겠다는 의도가 느껴지는 플레이였다.

하지만 공은 재차 달려든 모리사키의 허벅지에 맞아 옆으로 튀었다. 전방으로 올라온 하라구치가 있는 방향이었다.

"슛! 날려!"

민혁은 외쳤다. 골키퍼가 자리를 잡지 못한 지금이 기회였다.

하라구치의 왼발은 공을 때렸다. 민혁과 몇 번이나 연습했던 슈팅이었다.

골키퍼는 힘겹게 반응해 손끝으로 공을 건드렸다. 하지만 기세가 실린 공을 밀어내진 못했고, 공은 그대로 골망을 출렁였다. 그램퍼스 주니어의 후반 첫 골이자 6 대 3을 만드는 쐐기 골이었다.

중계를 진행 중이던 니혼 TV의 해설자들은 일본 방송인 특유의 호들갑을 떨며 말했다.

"아, 오미야 골을 허용합니다. 6 대 3. 오미야가 추격 의지를 잃게 하는 골이네요."

"그렇습니다. 오미야 선수들 눈에서 투지가 사라졌네요."

"나카니시 씨는 어떻게 생각하십니까?"

"에, 저는……."

중계진들의 예상은 하나로 모였다. 추격 의지를 잃은 오미야 선수들은 급격히 피로를 느낄 것이고, 결국 그램퍼스 주니어가 이대로 이길 거라는 결론이었다.

그런 결론은 굳이 전문가가 아니라도 낼 수 있었다.

경기를 지켜보는 천여 명의 관중도 그들과 같은 예상을 하고 있었다. 추격하던 팀이 힘이 빠지는 상황은 좁혀졌던 점수가 다시 벌어지는 순간이었다. 동점까지 따라잡았다가 한 골이 다시 벌어지는 경우라면 이를 악물고 쫓아갈 가능성도 있지만, 무려 세 골의 차이가 나는 상황이라면 이를 악물 생각도 들지 않을 터였다.

"그램퍼스 주니어, 노련하게 경기를 끌고 있습니다. 소학교에 다니는 학생들답지 않은 노련함입니다."

"아마 감독의 지시일 겁니다. 그렇지 않고서야 전진 한 번을 하지 않을 리 없으니까요."

"후반 초반에도 이런 식으로 진행을 했다면 좋았을 텐데 말이죠."

"제가 보기엔 그때도 지금처럼 하려고 했던 것 같습니다. 하지만 오미야에게 공을 뺏겼고, 그 바람에 골을 얻어맞아서 흔들려 추가골을 두 개나 내줬던 거겠지만, 적절하게 도망가는 골이 나온 덕분에 정신을 차렸을 거예요."

"그 골이 없었다면 오미야가 결국 따라잡았을 거라는 말씀입니까?"

"네. 저는 그렇게 봅니다. 이번 경기의 MVP는 전반에 교체된 그램퍼스의 미들진 중 하나겠지만, 전 여섯 번째 골을 넣은 선수를 이번 경기 MVP로 뽑고 싶네요. 방금 말씀드린 이유 때문에 말이죠."

"아, 말씀드리는 순간, 오미야의 역습이 시작됩니다."

FC 오미야는 마지막 힘을 짜냈다. 다시 세 골 차로 벌어졌지만 아직 10분 이상 남아 있었다. 한 골을 추가해 두 골로 차이를 줄이면 다시 가능성이 보일지도 몰랐다.

"하라구치! 중앙에 붙어!"

로드리게스는 즉각적으로 지시를 내렸다. FC 오미야 미드필더진이 역습에 참여하는 걸 막으라는 의도였다.

수비수 출신인 하라구치는 로드리게스의 지시를 완벽히 수행했다. 그로 인해 FC 오미야의 역습은 힘을 잃었는데, 전방으로 공을 몰고 들어온 공격수들이 적절한 백업을 받지 못했던 탓이었다.

그 역습에 마지막 힘을 짜냈던 FC 오미야는 결국 자멸해 버렸다. 오히려 재역습에 나선 그램퍼스 주니어가 한 골을 추가했고, 경기는 무려 7 대 3이라는 스코어로 끝났다. 이번 대회 최대 득점 기록이 세워지는 순간이었다.

"잘했다."

로드리게스는 승리한 선수들을 치켜세웠다. 비록 민혁을 제외한 주전은 쉽게 하지 못했지만, 이만한 기록을 세웠다는 점에는 의미를 둘 수 있었다.

"결승전은 누구랑 해요?"

"조금 기다리면 소식이 올 거다."

민혁은 고개를 끄덕였다. 핸드폰이 대중화된 시대를 살다

온 그로서는 늦은 소식에 답답함을 느끼고 있었지만, 이제야 핸드폰이 보급되기 시작한 90년대 중반이니 어쩔 수 없다는 생각도 들었다.

소식이 전해진 건 거의 한 시간이 지나서였다.

결승전 상대는 가시와 레이솔 유스.

본래대로라면 이번 대회에서 우승을 거두는 강팀이었다.

* * *

결승전이 열리는 요미우리 랜드엔 니혼 TV의 중계진이 자리 잡고 있었다. 상설 중계가 열리는 곳이 아니라서인지 카메라 감독을 비롯한 촬영 스태프들이 바삐 움직이는 모습은 어딘지 모르게 힘겨워 보였다.

확실하진 않지만, 레일조차 깔리지 않은 경기장에서 속도감 있는 중계가 가능하게 하기 위해 머리를 쥐어짜고 있는 것 같았다.

카메라의 위치를 몇 번이나 바꾸어가며 확인하는 것도 그래서가 아닐까.

그런 생각을 하던 민혁은 로드리게스의 헛기침을 듣고는 고개를 돌렸다.

"자, 집중!"

로드리게스는 민혁을 비롯한 선수들에게 다시 한번 주의를 주었다. 호텔 로비에서 한차례 전술을 설명하긴 했지만, 집중력이 높다고는 못 할 아이들이 그 내용을 제대로 기억하고 있으리란 보장은 할 수 없었다.

"결승전이다. 이겨야겠지?"

"네!"

"아침에 지시한 건 기억하고 있나?"

곳곳에서 네라는 소리와 당연하지 않느냐는 반응이 터졌다. 하지만 로드리게스가 지시한 내용에 대한 질문을 던지자 제대로 대답하는 사람은 민혁과 스즈키뿐이었다. 로드리게스로서는 머리를 붙잡고 신음을 흘리는 게 당연한 상황이었다.

"…다시 알려주마. 이번엔 잘 들어라."

그는 선수들의 포지션과 역할을 천천히 설명했다. 기본적인 4백 시스템을 그대로 유지하는 한편 미드필더의 뎁스를 조금 더 강화하는 전술이었다. 상대 팀인 가시와 레이솔 유스의 공격력을 경계하기 위함이었다.

민혁은 물었다.

"그냥 힘 싸움으로 가는 게 낫지 않을까요?"

"20분까지는 탐색전으로 가는 게 낫다고 본다."

"왜요?"

"저쪽 공격진이 만만치 않아."

로드리게스는 그렇게 말했다. 하지만 민혁은 로드리게스의 시선이 그램퍼스 주니어의 수비진을 훑었음을 놓치지 않았다.

가시와 레이솔의 공격력보다는 그램퍼스 주니어의 수비진을 못 믿겠다는 생각임이 분명해 보였다.

하기야 지난 4강전을 생각하면 이해를 못 할 반응도 아니었다.

민혁이 빠짐으로써 공격이 둔화되자 3골을 헌납한 수비진이 아니었던가.

이번 경기에서 그램퍼스 주니어의 공격력이 빛을 발한다면 모르겠지만, 처음부터 공격적으로 나섰다가 성과를 보지 못하게 되면 연거푸 실점을 기록할지도 모른다는 위기감이 든 모양이었다.

'…하긴.'

민혁은 팔짱을 끼고 고개를 끄덕였다. 어쨌거나 상대도 결승에 올라온 강팀이니 만큼, 초반 탐색전을 통해 전략을 수정한다는 선택지 자체는 이해할 수 있었다.

그건 가시와 레이솔 유스도 다르지 않았다.

"초반엔 좀 더 수비적으로 간다. 그램퍼스 주니어는 공격이 강한 팀이니 미드필더들도 수비에 합류하고, 공격수들도 수비를 지원하면서 역습을 노려라. 알겠나?"

"예!"

"좋아."

가시와 레이솔 유스 팀을 이끄는 엔도 히로키는 경기를 준비하는 심판을 힐끗 보았다.

그는 뭔가 개운치 못하다는 표정을 짓고 있었다. 어제 자신을 찾아온 JFA 위원이라는 사람에게서 들은 내용 때문이었다. 가시와에게 유리한 심판이 배정되었으니 안심하라는 이야기였다.

'이러면 이겨도 뒷맛이 안 좋은데.'

엔도는 잠깐 고민하다 고개를 저었다. 그래도 지는 것보다는 이기는 게 나은 데다가, 자신이 뭘 어떻게 할 수 있는 것도 아니기 때문이었다.

그가 고민을 막 끝낼 때, 다른 사람은 그가 끝낸 고민을 시작하고 있었다.

"어라?"

민혁은 주심의 얼굴을 보고는 기억을 더듬다 인상을 썼다. 본선 1차 리그의 두 번째 경기였던 히타치전에서 만난 심판이란 기억이 떠오른 탓이었다.

'골치 아프네.'

민혁은 조용히 한숨을 내쉬었다. 저 심판이라면 분명 자신이나 강영훈에게 불리한 판정을 내릴 터였다.

하지만 그런 이야기를 입 밖으로 낼 수도 없었다. 증거를 제시하지 못하는 상태에서 그런 의혹을 제기하는 건 팀을 더 불리하게 만들기만 할 게 뻔했고, 그렇지 않아도 신경 쓸 게 많을 로드리게스를 불편하게 하는 일이 될 터였다.

"어쩔 수 없지."

"뭐가?"

"아, 좀 귀찮은 게 생겨서."

민혁은 하라구치의 질문을 대충 넘기곤 주심을 보았다. 어떤 식으로 플레이를 해야 트집을 덜 잡힐까 하는 고민도 이어지는 순간이었다.

그로부터 얼마 후, 그램퍼스 주니어와 가시와 레이솔 유스의 결승전이 시작되었다.

*　　　　*　　　　*

민혁은 신음을 터뜨리며 바닥을 굴렀다. 발목으로 들어온 태클이 원인이었다.

심판은 휘슬을 불지 않고 플레이를 진행시켰다. 황당해진 로드리게스는 불만을 터뜨리며 대기심을 향해 달려갔고, 대기심은 진정하라는 신호를 보내며 주심을 향해 고개를 돌렸다. 그 역시도 방금 전의 상황을 반칙이라 생각하고 있었기 때문이었다.

하지만 주심의 판정은 변하지 않았다. 그는 로드리게스는 물론 대기심의 시선까지도 일부러 피한 채 공을 따라 달렸다. 간신히 몸을 일으키는 민혁에겐 시선조차 주지 않은 채였다.

"와, 진짜 너무하네."

민혁은 고개를 저었다.

다행히 발목은 멀쩡했다. 관절이 굳지 않은 어린 나이라 부상을 피할 수 있었던 것이다.

'내가 이런 태클을 했으면 레드카드를 날렸을 거면서.'

민혁은 입술을 깨물고 몸을 돌렸다. 가시와 레이솔 유스의 공격이 실패로 끝나고, 그램퍼스 주니어가 역습으로 전환하는 순간이었다.

수비진에서 넘어온 패스는 중앙선 아래로 내려간 민혁의 발에 닿았다. 그러자 가시와 레이솔 유스의 미드필더는 또 한번 민혁에게 태클을 시도했다. 조금 전 태클을 날렸던 그 선수였다.

민혁은 태클을 피함과 동시에 공을 걷어찼다.

공은 근처에 있던 선수의 종아리에 튕겨 태클을 시도한 선수의 얼굴을 때렸다. 민혁이 의도한 그대로였다.

심판은 휘슬을 손에 잡았지만 불지는 못했다. 만약 민혁이 찬 공이 바로 얼굴을 때린 거라면 지체 없이 레드카드를 꺼냈겠지만, 다른 선수를 맞고 튕긴 공이라면 고의성 여부를 확신할 수 없었다.

'좋았어!'

민혁은 조용히 주먹을 쥐었다. 기쁨의 표시였다.

생각 같아서는 주심의 얼굴에 강슛을 날리고 싶지만, 그랬다가는 레드카드는 물론이고 경기 출전 불가라는 징계까지 나올 게 뻔했다.

어차피 내년에 런던으로 가게 될 예정이라 출전 불가 자체는 두렵지 않았으나, 그 경우 그램퍼스 주니어에게 민폐를 끼치게 될 거라는 생각이 주심의 얼굴에 슛을 날리는 걸 막고 있었다.

'우승이 결정되면 날려 버릴까.'

민혁은 이를 가는 주심을 보고 진지하게 생각했다. 편파 판정이나 하는 주심이라면 그래도 상관없지 않나 하는 생각도 들었다.

그래 봐야 단순 분풀이 이상은 되지 못할 테지만.

"일단 이기고 나서 생각해 보자."

작게 중얼거린 민혁은 강영훈을 대신해 오른쪽 윙으로 나온 하라구치에게 수신호를 보냈다. 자신에게 공을 넘기고 침투하라는 의미의 제스처였다.

하라구치는 고개를 끄덕인 후 공을 넘겼다.

민혁은 공을 받아 앞으로 보냈다. 수비를 뚫은 하라구치의 발밑을 노린 정확한 패스였다.

가시와 레이솔 유스 팀 골키퍼는 앞으로 나와 각도를 좁혔다. 슛을 날릴 공간을 못 찾은 하라구치는 중앙으로 침투한 민혁에게 공을 보냈고, 민혁은 공을 받는 즉시 방향을 전환해 수비수의 반칙을 피하며 공을 띄웠다. 앞쪽으로 들어간 모리사키의 머리를 노린 로빙 패스였다.

모리사키는 수비수와의 경합에서 밀려 공을 흘렸다. 골킥이었다.

"아, 저걸 놓치네요."

"그램퍼스 주니어로서는 아까운 기회였습니다."

중계를 나온 니혼 TV의 스포츠 아나운서는 고개까지 저으며 아쉬움을 표현했다. 선수 출신이 아닌 그가 보기에도 열명 중 아홉 명은 골을 넣을 수 있을 것처럼 보이는 기회였다.

코너로 간 민혁은 손을 들었다. 별로 의미는 없는 행동이지만 가시와 레이솔 유스는 움찔하며 주변을 두리번거렸다. 손을 들어 신호를 보내는 그램퍼스 주니어의 선수를 찾기 위함이었다.

민혁은 그들이 혼란스러워하는 시점을 노리고 코너킥을 시도했다.

공은 살짝 회전을 먹은 채 박스로 향했다. 공중볼 경합에서 이긴 가시와 레이솔 유스의 수비가 헤딩으로 공을 밀어내려 했지만, 회전이 먹은 공이 기묘하게 꺾이면서 수비의 뒤통수를 때리고 골대로 향했다. 골키퍼가 반응하기 어려운 각도였다.

공은 결국 골문을 통과했다. 자책골이었다.

"예!"

그램퍼스 주니어는 두 손을 번쩍 들고 환호성을 질렀다. 반대로 가시와 레이솔 유스는 당황을 이기지 못하고 고개를 떨궜고, 주심은 휘슬을 부는 것도 잊고 골대를 보다 선심의 재축을 받고서야 골을 인정하는 휘슬을 불었다.

1 대 0이 된 순간, 신중한 플레이를 지시했던 로드리게스는 곧바로 작전을 바꿨다.

그는 원래대로 공격에 집중하라는 사인을 보냈다. 실점을 한 가시와 레이솔이 공격에 나서면 역습을 할 기회가 많아질 터였다.

하지만 역습은 좀처럼 진행되지 않았다. 결정적인 기회가 나올 때마다 휘슬을 불어 맥을 끊는 심판 때문이었다.

"아, 심판이 맥을 자주 끊네요."

"어쩔 수 없습니다. 자라나는 선수들에게는 규정을 숙지시키는 게 중요하니까요. 당장 맥을 끊게 되더라도 규칙을 확실히 익히게 하는 게 낫지 않겠습니까."

중계를 진행 중인 니혼 TV의 해설진은 나름대로 상황을 해석해 보았다. 꿈보다 해몽이란 느낌이었다.

'아, 짜증 나.'

민혁은 콧잔등을 씰룩이며 심판을 힐끗 노려보았다. 지금도 휘슬을 불지만 않았다면 패스 한 번에 1 대 1 찬스가 만들어질 수 있는 상황이었다.

하지만 심판은 휘슬을 불었고, 막 공을 날리려던 민혁은 이를 갈면서도 발을 멈출 수밖에 없었다. 만약 공을 찼더라면 옐로카드 정도는 꺼냈을 게 분명했다.

"어디, 누가 이기나 한번 해보자."

민혁은 투덜대며 공을 돌렸다. 역습이 아니라도 골을 넣을 수 있음을 증명해 보이겠다는 각오가 생기는 순간이었다.

공은 오른쪽 측면을 거쳐 왼쪽으로 길게 날아갔다. 역습의 타이밍을 잃어버린 그램퍼스 주니어는 공을 좌우로 번갈아 돌리며 가시와 레이솔 유스의 수비진을 끌어내려 했으나, 그런 의도를 읽고 있는 가시와 레이솔 유스는 좀처럼 공을 뺏으려 하지 않았다. 부정확한 슛을 기다리다 공격권을 넘겨받겠다는 생각이 분명해 보였다.

천천히 공을 돌리던 그램퍼스 주니어의 행동에서 권태감이 조금씩 느껴질 무렵.

민혁은 가시와 레이솔 유스의 수비진을 보고는 눈을 빛냈다. 그들도 이 상황에 익숙해져 경계심이 흐트러진 느낌이었다.

그는 공을 받자마자 중앙으로 치고 달렸다. 놀란 수비가 달라붙어 공을 뺏으려 했지만, 빈틈을 포착하고 달려드는 민혁의 드리블을 막을 수는 없었다.

순식간에 세 명을 뚫어낸 민혁은 골키퍼를 왼쪽으로 유도한 후 반대편 골포스트를 바라보고 슛을 날렸다. 히카르도 콰레스마의 특기였던 아웃프런트킥이었다.

공은 골키퍼의 옆을 스치고 돌아 골망을 흔들었다. 어떤 트집도 못 잡을 완벽한 골이었다.

"그램퍼스 주니어 추가골입니다! 환상적인 골이 나왔어요!"

"아… 가시와 레이솔 유스 감독 고개를 젓습니다. 보는 제가 다 가슴이 아프네요."

니혼 TV의 중계진이 한 말처럼, 가시와 레이솔 유스의 감독은 한숨까지 내쉬며 고개를 젓고 있었다. 심판이 자신들에게 유리한 상황을 만들어주고 있는데도 이길 수 없음에 탄식이 터지는 모양이었다.

골을 선언한 주심은 휘슬을 입에서 떼며 이를 갈았다. 할수만 있다면 골을 취소하고 싶다는 생각이 드러나는 표정이지만, 어떻게 해도 골을 취소할 방법은 없었다.

가시와 레이솔 유스는 이를 악물고 공격에 집중했다. 결승전 무대라서인지 지고 싶지 않다는 열의가 넘치고 있었다. 게다가 묘하게 주심이 자신들의 편을 들어주고 있다는 것도 눈치챘는지, 가시와 레이솔의 플레이는 점점 거칠게 변했다.

그러나 행운은 가시와의 편을 들어주지 않았다.

총공격에 나선 가시와의 슛은 골대에 맞아 튕겨 나왔다. 공을 잡은 그램퍼스 주니어의 수비는 상황을 파악할 생각도 못하고 전방을 향해 공을 날렸고, 동시에 질주를 시작한 민혁은 필드를 구르는 공을 향해 달렸다.

비록 속도는 빠르지 않지만, 다른 선수들보다 1초 가까이 스타트가 빨랐던 민혁은 가장 먼저 공을 잡을 수 있었다.

전방에 있는 건 가시와 레이솔 유스의 중앙수비 한 명.

그리고 가시와의 골키퍼뿐이었다.

'휘슬을 불었어야지.'

민혁은 아차 하는 심판을 힐끗 보곤 계속해서 달렸다. 아무리 편파 판정을 하고 싶어도 이 시점에서 그럴 순 없을 터였다.

주의해야 할 건 오로지 반칙뿐.

그런 생각을 하는 것과 동시에, 위협적인 태클이 날아들었다.

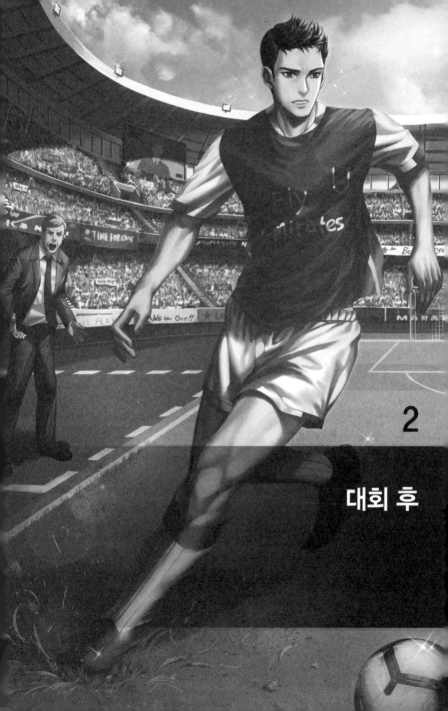

2

대회 후

도쿄에 있는 JFA 본부는 수많은 사람들로 북적거렸다. 얼마 전 끝난 천황 컵 결승전, 그리고 전 일본 U-12 축구 선수권대회의 시상과 보도 자료를 정리하는 문제 때문이었다.

이시카와는 편의점에서 사 온 신문을 펼쳐 들었다.

3면 중간엔 '나고야 그램퍼스 주니어 우승. 결승 상대인 가시와 레이솔 유스를 상대로 3 대 0 승리'라는 내용이 적혀 있었다. 1면에 실리지 않은 건 아마도 소년부 대회이기 때문인 모양이었다.

"아, 이걸 보러 갔어야 했는데."

이시카와는 안타까운 심정으로 말했다.

천황 컵 결승전에 오른 나고야 그램퍼스 선수들의 도핑테스트에 참여하느라 결승전에 가지 못했던 그는 민혁이 두 골을 넣었다는 이야기를 듣고는 탄식을 터뜨렸다. 특히 수비의 태클을 피하며 날린 발리슛이 환상적이었다는 증언이 나왔을 땐 책상에 엎어져 신음까지 흘렸을 정도였고, 니혼 TV에서 받아 온 영상 자료를 본 후엔 줄담배를 피워가며 속을 달랬다. 저런 장면을 라이브로 보지 못한 게 무척이나 안타까운 그였다.

하지만 다른 위원들의 표정은 별로 좋지 못했다. 그런 골을 넣은 선수가 한국인이라는 게 문제였다.

"자, 자. 영상은 여기까지 보고 수상자나 정합시다. 일단 대회 MVP부터……."

"대회 MVP를 받을 건 이 윤이라는 애밖에 없습니다. 다른 아이가 받으면 대회에 참가한 그 누구도 인정을 못 할 거예요."

이시카와는 위원장의 말이 나오기 무섭게 의견을 밝혔다. 활약상으로 보면 민혁 외에는 MVP에 선정될 선수가 없었다.

그러자 회의장엔 침묵이 맴돌았다. 간간이 헛기침을 터뜨리는 위원들이 있긴 했지만, 대부분은 불편한 표정을 지으며 입을 다물고 있었다. 마음에는 들지 않지만 어쩔 수 없는 일이라 생각하고 있는 것 같았다.

그러던 중, 인상을 쓰고 있던 시로야마가 입을 열었다.

"이시카와 씨."

"뭡니까?"

"대회 MVP를 조선인에게 준다는 건 일본의 자존심을 꺾는 일입니다."

이시카와는 도대체 무슨 소리냐는 표정으로 시로야마를 바라보았다. 소년부 대회 MVP가 어떻게 일본의 자존심과 연결이 되는지 이해할 수 없었다.

그 표정을 읽지 못한 시로야마는 붉어진 얼굴로 말을 이었다.

"이시카와 씨도 아시겠지만, 얼마 전 무라야마 총리의 발언으로 인해 우리 일본의 위신은 땅에 꺾였습니다. 그런데 우리 JFA까지도 일본의 위신을 꺾는 행동을 해서야 되겠습니까?"

시로야마가 말하는 무라야마 총리의 발언은 1995년 8월 15일에 있었던 무라야마 담화였다.

일본 81대 총리로 뽑힌 무라야마 도미이치는 일본의 전쟁 행위, 그러니까 한반도 침략과 전쟁범죄 등에 대한 공식적인 사과문을 발표했고, 이는 2년 전 있었던 고노 담화처럼 일본 우익의 반발을 거세게 불러왔다. 개인의 발표도 아닌 '일본 정부의 공식적인 사과'라는 점 때문이었다.

'참 별걸 다 가져다 붙이는군.'

이시카와는 고개를 젓고는 그 말에 답했다.

"스포츠와 정치는 별개의 문제죠."

"국가의 자존심이 걸려 있다는 점에선 다를 게 없습니다."

대답을 들은 이시카와는 가볍게 혀를 찼다.

하지만 그는 입을 열지 못했다. 이야기를 듣던 JFA 위원들 중 하나가 손을 들고 말을 꺼냈기 때문이었다.

"아, 그건 나도 시로야마 씨의 의견에 동의합니다. 아무리 그래도 천황의 명칭이 걸린 대회인데 조선인에게 MVP를 수여할 순 없지요."

"13회 천황 컵은 아예 조선 팀에게 넘어갔다고 알고 있습니다만."

이시카와의 반박이 있은 후, 시로야마는 불쾌한 표정으로 말했다.

"그때야 조선과 내지(內地)가 하나였으니까 그랬던 거 아닙니까."

대답을 들은 이시카와는 또 한 번 고개를 저었다. 저런 식의 방어논리라면 어떻게 말해도 소용이 없을 터였다.

그 반응에 불쾌해진 시로야마는 눈썹을 꿈틀하며 입을 떼었다.

"이시카와 씨, 혹시 재일입니까?"

"무슨 의도로 하는 말입니까?"

이시카와는 미간을 찌푸렸다. 다른 JFA의 위원들도 그 말은 지나치다는 반응을 보였고, 시로야마는 불쾌했다면 미안하다는 내용의 성의 없는 사과를 대충 던지곤 말을 이었다.

"나는 말입니다. 다른 나라 사람들이 일본을 대표해서는 안 된다고 생각합니다. 조선인이 대표고 대만인이 대표인 나라가 어찌 일본이라 할 수 있겠습니까?"

"이보세요. 이 대회는 겨우 소년부……."

"그게 더 문젭니다! 자라나는 새싹들에게 조선인에게 졌다는 패배감을 안겨주라고요? 그게 할 말입니까?"

이시카와는 혀를 찼다. 방금 전까지만 해도 태도가 지나치다고 말하던 JFA의 간부들은 시로야마의 발언에 박수마저 칠 것 같은 표정이었다.

하기야 영광스러운 제국민에서 패전국의 국민으로 전락한 경험을 가지고 있는 그들이니 만큼 '일본의 자존심'이라는 것에 집착하는 것도 이해하지 못할 바는 아니지만, 아무리 그래도 소년부 대회의 MVP를 정하는 문제에까지 그런 부분에 집착하는 게 말이 되나 싶은 심정이었다.

"패배감이 아니라 경쟁심을 느끼게 하는 게 우리가 할 일입니다."

"그게 도대체……."

"자, 자. 두 분 모두 조용히 하세요. 그리고 이시카와 씨. 이건 그렇게 감정적으로 나갈 문제가 아니에요. 일본 축구를 위해 어떤 결정을 내리는 게 좋을지 고민해야 합니다."

"…감정적으로 일을 처리하려고 하는 건 여러분들 같습니다만."

"이번 대회 수상자들은 우리 JFA의 돈으로 해외 유학을 보내는 걸 검토 중입니다. 그걸 엉뚱한 한국인에게 쓸 수는 없어요."

이시카와는 한숨을 내쉬며 고개를 끄덕였다. 그런 이유라면야 저들의 억지도 납득을 못 할 바는 아니었다.

그 반응에 만족한 JFA 위원들은 서류를 잠시 보고는 입을 열었다.

"MVP는 여기 이 모리사키라는 애로 합시다. 특별상은 여기 하라구치라는 애가 좋겠네요. DF로 기록이 되어 있는데 무려 네 골을 넣었으니 받을 만해요. 그리고 득점왕은……."

"이건 주지 않을 수 없겠군요."

JFA 위원들은 못마땅한 표정으로 기록지를 보았다.

민혁의 득점은 리그전과 토너먼트를 합쳐 8경기 18골로, 2위인 가시와 레이솔 유스 팀의 오오타니 슈이치의 9경기 8골과 비교해도 압도적인 차이였다.

게다가 토너먼트로 한정한다고 해도 민혁이 득점 1위에 랭크되어 있었다. 어떤 평계를 대도 득점왕을 주지 않을 수 없다는 이야기였다.

"어쩔 수 없지. 득점왕은 그 윤이라는 한국인에게 줍시다. 대신 보도에는 나가지 않게 하세요."

"페어플레이상은 어디로 할까요?"

"그래도 4강엔 올라간 팀이 좋지 않겠어요?"

"토너먼트부터 따지면 오미야와 가시와가 카드가 같은데……."

"오미야에 줍시다. 골을 많이 내준 건 페어플레이 때문이라고 해야죠. 그래야 오미야 감독도 체면이 서지."

"해외 유학 예비 대상자 선정은……."

JFA 위원들은 정리된 기록을 참고로 논의를 이어갔다. 그중 가장 활발했던 논의는 브라질로 보낼 유학생들의 예비 명단을 선정하는 단계였다.

"일단 명단은 이 정도로 정리하고… 내년 여름까지 지켜본 후에 확정해서 브라질로 보냅시다."

"이번에도 브라질인가요? 이탈리아 쪽이랑 교섭이 진행 중인 걸로 알고 있는데요."

"1부와 2부 리그에 있는 구단에선 전부 거절 의사를 밝혔습니다. 세리에 C 구단에서는 유학생을 받겠다는 연락이 왔는데, 1인당 3,000만 리라를 지불하라더군요."

"3,000만 리라요? 그게 얼마죠?"

"대충 200만 엔 정도 됩니다."

이야기를 들은 JFA 위원들은 혀를 내둘렀다. 세리에 A도 아닌 세리에 C에서 부르기엔 너무 큰 액수였다. 연 200만 엔이라면 그럭저럭 납득했을 수도 있지만, 방학을 이용한 2개월 교습에 200만 엔이라는 건 지나친 폭리였다.

"역시 브라질 쪽이 낫겠군요."

"파우메리아스나 산투스 쪽이 오히려 쌉니다. 산투스는 미우라 덕분에 교섭도 활발하고요."

JFA 위원들은 일제히 고개를 끄덕였다. 역시 구관이 명관이었다.

1990년대. J리그와 브라질 리그(세리에)의 교류는 가늘게 이어지고 있었다. 1983년 브라질로 건너가 데뷔한 미우라 가즈요시의 활약 덕분이었다.

비록 브라질에서 큰 활약을 보이지는 못했지만, J리그로 돌아온 그는 '미우라 열풍'을 일으킬 정도의 능력을 보여주었다. 당시 J리그를 지배하고 있던 외국인 선수들의 아성을 넘지는 못했으나, 일본인도 그에 버금가는 기술과 공격력을 가질 수 있음을 증명했기 때문이었다.

그로 인해 J리거와 유망주들의 브라질 러시가 한동안 이어졌는데, 그중에서도 미우라가 4년 동안 뛰었던 산투스와의 교류가 잦았다. 게다가 2차 세계대전 전후로 브라질에 건너간 일본인들도 상당수 있었던 덕분에 교류를 위한 창구도 어렵지 않게 만들 수 있었으니, JFA가 브라질을 유학지로 선택한 건 이상할 게 없었다.

당시 한국에서도 독일과 잉글랜드, 그리고 브라질로 유망주를 보내려는 시도는 있었다. 하지만 그런 시도는 보통 1~2년 만에 다양한 이유로 중단되었다. 가장 큰 이유를 차지한 건 역시나 예산의 문제였고, 그다음으로는 교류를 위한 창구를 유지하지 못하는 문제가 뒤를 이었다. 일본과 비교해 보면 아쉬움이 남는 행정이었다.

"고등부 득점왕도 유학자 명단에서 빼야 되겠죠?"

"음······."

JFA 위원들은 미간을 좁혔다. 이번 대회 득점왕인 민혁을 유학자 명단에서 제외한다면 중등부 대회 득점왕도 유학자 명단에서 빼야만 했다. 형평성 문제가 제기될 가능성 때문이었다.

"그렇게 합시다. 협회에 소속된 선수라면 국적으로 차별을 할 수는 없으니 말이오."

미래 구상 위원장을 맡고 있는 엔도 나오야는 못마땅한 표정으로 결론을 내렸다. 마음 같아서야 일본 국적을 가지고 있지 않은 선수는 모든 혜택에서 제외한다는 규칙을 추가하고 싶었지만, 그렇게 했다가는 타국에 진출한 일본 선수들에게 같은 처분이 내려져도 항의가 불가능했다.

"가장 좋은 건 이 윤이라는 녀석이 일본에서 나가주는 건데······."

"그램퍼스는 왜 한국인을 유학생으로 받았는지 모르겠군요."

"잘하니까 받았겠지요. 기록지만 봐도 대충 견적이 나오잖습니까."

"그거야 그렇습니다만··· 그래도 한국은 우리 일본의 라이벌 아닙니까. 그걸 생각해서라도 받지 말았어야 했다는 이야기입니다."

"이미 받은 걸 어떡하겠습니까. 내쫓으라고 압력이라도 가하라는 겁니까?"

"말이 그렇다는 겁니다."

JFA 위원들은 티격태격하면서도 회의를 정리해 갔다. 의견 차이가 발생하더라도 시간을 끌 것 같으면 애매하게 정리를 해버렸는데, 정해진 시간 안에 회의를 끝내야 한다는 압박감이라도 가지고 있는 것 같았다.

"그럼 보도 자료는 이렇게 정리를 하면 되겠습니까?"

"아, 우승 팀 사진도 4강전 끝나고 찍은 거 쓰게 하세요. 거기 아마 윤이라는 애가 없죠?"

"네. 전반 끝나고 교체돼서 사진엔 안 나왔습니다."

"좋아요. 그럼 그렇게 하세요."

그 말을 마지막으로 회의가 끝났다. 사소한 잡담이 조금 더 있었지만 본제와는 상관없는 이야기였다.

이시키와는 결정문을 받아 들고 미간을 좁혔다.

'한심한 작자들이군.'

그는 양복 윗주머니에 넣어둔 담배를 꺼내 물었다. 민혁을 배제하기 위해 다른 대회 득점왕들의 유학 기회를 박탈하고만 그들의 행동에 실소가 터질 지경이었다.

그야말로 소탐대실의 전형이 아니냔 말이다.

"최대한 많이 보내도 부족할 판에 한국인 한 명 배제하겠다고……"

이시카와는 이야기를 진행 중인 위원들을 보았다. 저런 사람들이 간부로 있는 한, 아무리 행정이 좋고 예산이 많아도 제대로 된 발전을 하기는 어려울 것 같다는 생각이 머리를 스쳤다.

'귀화 이야기는 꺼내지도 말아야겠어.'

이시카와는 담배를 입에 물었다. 민혁을 귀화시켰다가는 멀쩡한 유망주 하나만 망칠 것 같은 기분이었다.

두 시간 동안 이어진 회의가 끝난 후, 이시카와는 재떨이에 쌓인 담배꽁초를 보고는 한숨을 쉬었다.

3

겨울 휴가

민혁은 두 시간의 비행을 끝내고 공항에 내렸다.

김포공항은 평소보다 바글거렸다. 연말과 설 연휴를 틈타 해외에 나갔다 돌아오는 사람들 때문이었다. 영종도에 국제공항이 생긴 후로는 국내선만 취급하는 공항이 되는 김포공항이지만, 아직은 국제선도 김포공항을 통해 취항하고 있으니 이렇게 붐비는 것도 당연할 터였다.

'하긴 뭐… 2010년 넘어서도 인천공항이 감당 못 하는 물량은 다시 김포로 넘어왔지.'

회귀 전의 기억을 더듬던 민혁은 문득 걱정에 휩싸였다. 그러고 보니 곧 IMF가 찾아올 시기였다.

하지만 그걸 남에게 알릴 방도는 없었다. 하기야 자신이 생각해도 그런 말을 했다간 미친놈 취급을 받아 정신병원에 갇히게 될 가능성이 농후했다.

사실 이 시대에도 IMF를 예견한 사람이 없지는 않았다. 하지만 그들은 정부의 압력을 받아 꺼냈던 의견을 취소하거나, 끝까지 소신을 지키다 코렁탕을 먹으러 가는 선택지를 강요받았다.

문민정부라는 타이틀을 건 김영삼 정부였지만 권위주의의 틀을 완전히 벗지는 못했고, 그것은 정부의 방침이나 전망에 쓴소리를 하는 걸 허용하지 않았기 때문이었다.

"일단 아버지 승진은 막아야겠다."

민혁은 주변을 둘러보며 중얼거렸다. 원래대로라면 자신의 아버지는 올해 말에 부장으로 승진을 하게 되고, 다음 해 IMF의 여파를 얻어맞은 회사에서 잘릴 터였다. 임원으로 취급받는 부장이라 노조가 손을 떼어버린 탓이었다.

그리고 생계를 위해 치킨집을 열었던 그는 본사의 부도로 인해 또 한 번 위기를 맞이하게 되고, 민혁은 고등학교 졸업과 동시에 군 입대를 해야 했던 게 회귀 전의 생활이었다.

'이번엔 절대 그렇게 못 하지.'

민혁은 주먹을 불끈 쥐었다. 물론 자신이야 벵거를 따라 잉글랜드로 갈 테니 군 입대를 하게 될 리는 없지만, 그래도 집안의 위기를 나 몰라라 할 수는 없었다.

"아들!"

"…엄마?"

고민하던 민혁은 갑작스런 타격에 휘청였다. 민혁을 발견하고 달려온 박순자 여사가 포옹을 빙자한 바디슬램을 시전한 까닭이었다.

순간 숨이 막혀온 민혁은 버둥대며 외쳤다.

"어, 엄마! 숨 막혀!"

"여보, 여보! 애 잡겠어! 그만!"

민혁의 아버지는 눈이 뒤집히기 시작한 민혁을 보고는 서둘러 박순자 여사를 떼어놓았다. 거의 1년 만에 만나 반가워하는 건 알겠지만 애를 잡을 지경이 되면 곤란했다.

박순자 여사는 당황하며 민혁을 놓아주었다. 민혁은 그 후로도 한참이나 가슴을 붙잡고 끙끙 앓았고, 더 당황해 버린 박순자 여사는 민혁을 마구 흔들다 남편의 제지를 받고서야 당황을 지웠다.

민혁은 어질어질한 머리를 붙잡고 한참을 서 있던 후에야 정상으로 돌아왔다. 아무리 운동을 하는 선수라지만, 초등학생의 피지컬로는 성인 여성의 힘을 감당하기 어려웠기 때문이었다.

박순자 여사는 간신히 평정을 되찾은 민혁을 보고는 입을 열었다.

"그래. 밥은 먹었어?"

"아뇨."

"왜? 기내식 안 줘?"

"한 시간 반밖에 안 걸리는데 무슨 기내식이에요."

"배고프겠다. 얼른 밥부터 먹지."

박순자 여사는 남편을 재촉해 민혁을 데리고 밖으로 나갔다. 다른 건 다 참아도 자식새끼 배고픈 건 못 참는 건 모든 엄마들의 공통점이었다.

그녀는 곧바로 택시를 잡아 인근에 있는 식당의 이름을 불렀다. 얼마 전 경희 엄마가 극찬을 했던 칼국수집이었다.

안으로 들어간 민혁의 가족은 버섯 칼국수 4인분을 시키곤 잡담을 나누다 TV를 향해 고개를 돌렸다. 때마침 흘러나온 뉴스가 관심을 끌었기 때문이었다.

─한국 프로야구의 간판스타인 무등산 폭격기 선동열 선수가 일본 주니치 드래곤즈에 입단했습니다. 선동열 선수는 어제인 지난 8일 오후 1시에 일본 나고야에 있는 주니치 빌딩 5층 팰리스 룸에서 입단식을 가졌으며, 주니치 드래곤즈의 사토 사장과 호시노 감독은 선동열 선수에게 20번이 새겨진 유니폼을 선사하여 기대치가 높음을 증명했습니다.

"어, 선동열 진짜로 일본 갔네."

민혁의 아버지는 깜짝 놀랐다. 최근 야근으로 인해 프로야구를 보지 못했던 그는 타이거즈의 간판스타였던 선동열의 일본 이적에 대해서는 뜬소문 정도로만 알고 있었고, 때문에 이적이 확정되었다는 뉴스를 보자 놀라지 않을 수 없었다.

―선동열 선수는 입단식을 통해, '올 시즌 반드시 30 세이브 이상의 성적을 올려 팬들과 주니치의 기대에 부응하겠다'라고 밝혔습니다. 만약 선동열 선수가 30세이브를 기록할 경우엔 5천만 엔의 보너스가 지급되는데, 이를 달성할 경우 선동열 선수는 1억 5천만 엔의 연봉에 보너스 5천만 엔을 더해 총 2억 엔을 수령, 일본 야구계에서도 손꼽히는 금액을 손에 넣게 됩니다. 이는……

"연봉 1억 5천만 엔이면 얼마지?"
"대충 13억 좀 넘을 거예요."
"그래? 그럼 2억 엔이면 대충 17억 정도 되나?"
"그거보다 좀 많을걸요?"
"야, 선동열이 애국자네. 다음 시즌엔 한 50억 정도 벌어 오는 거 아냐?"

그는 흥분해 떠들었다. 타이거즈의 팬인 그로서는 선동열이 일본에서 실패를 한다는 건 상상도 못 하고 있었던 것이다.

흥분한 아버지와 달리, 민혁은 아무런 흥미도 느끼지 못했다. 민혁은 일본에 진출한 선동열이 진출 첫해에 0.1이닝 7실점 등의 굴욕을 겪고 나서야 성공을 한다는 걸 알고 있었고, 때문에 민혁은 아버지와 달리 측은하단 표정까지 지은 채 TV를 보

고 있었다. 그 1년 동안 느낄 굴욕감이 얼마나 클지 대충 상상
이 되어서였다.

"참. 나고야면 너 있는 곳이지?"

"네."

"기회 되면 언제 사인 한번 받아 와라."

민혁은 어깨를 으쓱했다. 아마도 7월에 영국으로 갈 테니 일
부러 시간을 내지 않는 한 그럴 기회는 아마 없을 것 같았다.

게다가 올 1년은 선동열에게 있어 굴욕의 한 해일 터라, 과
연 순순히 사인을 해줄까 하는 의문도 들었다.

'하긴 뭐, 정말로 바라시진 않겠지.'

민혁은 대충 그러겠다고 대답하며 TV로 눈을 돌렸다. 선동
열 이야기는 금방 끝났고, 뉴스는 겨울 가뭄이 계속되어 영호
남 지역에 제한 급수를 시작한다는 내용으로 넘어갔다.

뉴스에 흥미를 잃은 민혁은 식당의 주방 쪽을 바라보았다.
도대체 언제 음식이 나오는 건가 싶은 심정이었다.

그때, TV를 보던 박순자 여사가 무언가를 떠올리며 입을 열
었다.

"참, 성적표 안 왔던데."

"아, 그게요……."

민혁은 다급히 머리를 굴렸다.

"국제우편이라 분실된 거 아니에요?"

"안 보낸 게 아니라?"

"어차피 그거 성적도 대충 표시된 거라서 숨길 이유도 없어요. 일본 성적표엔 등수도 안 나오는데 뭐 하러 숨겨요?"

"등수가 안 나와? 왜?"

"원래 그렇대요."

"진짜야?"

박순자 여사는 아무래도 의심스럽다는 시선으로 민혁을 보았다. 한국의 교육과정에 익숙해져 있는 그녀로서는 등수를 매기지 않는다는 말을 도저히 믿을 수 없었다.

"거긴 에스컬레이터식 승급이 기본이라 과락만 따져요. 기본 점수만 넘어가면 중학교, 고등학교 바로 가니까 그런다더라고요."

"동경대는 따지잖아."

"거긴 대학이잖아요."

박순자 여사는 눈을 가늘게 뜬 채 민혁을 보았다. 아무리 생각해도 거짓말 같았다.

하지만 민혁의 표정은 변하지 않았다. 성적표를 보내지 않은 걸 빼고는 딱히 찔리는 것도 없는 데다, 의심을 하더라도 계속해서 따질 것 같지는 않았기 때문이었다.

미심쩍어하던 박순자 여사는 의심을 잠시 접어두었다. 주방에서부터 걸어오는 종업원이 보여서였다.

앞치마를 맨 칼국수집 종업원은 육수가 담긴 냄비를 휴대용 가스레인지 위에 내려놓았고, 조금 늦게 도착한 사장이 칼국수가 담긴 그릇을 가져와 옆에 놓았다.

칼국수를 냄비에 부으려던 민혁의 아버지는 그릇에 담긴 국수를 보고는 고개를 돌려 사장에게 물었다. 생각보다 양이 너무 적었다.

"이게 4인분이에요?"

칼국수집 사장은 테이블을 힐끗 보며 입을 열었다.

"다 못 먹을 것 같아서 일부러 조금 덜어서 드렸어요."

"……."

* * *

"진짜 생각할수록 황당하네."

민혁은 책을 읽다 말고 고개를 저었다. 책에 나온 버섯을 보자 약 3주 전 있었던 칼국수집에서의 사건이 떠오른 탓이었다.

그러던 그는 출출함을 느끼고 거실로 향했다. 얼마 전 방안을 정리할 때 보관하고 있던 간식을 전부 다 부엌으로 치워 버린 탓이었다.

"어디, 먹을 게……."

─저는 지금 은퇴를 선언한 서태지와 아이들의 리더 서태지 씨의 집 앞에 나와 있습니다. 보시는 것처럼 이 골목은 서태지 씨의 은퇴를 반대하는 학생들과 20대, 30대 팬들로 가

득 차 있습니다.

"어?"

민혁은 거실에 켜진 TV를 보았다. 아마도 출근에 늦은 아버지가 TV를 켜놓고 가버린 모양이었다.

하지만 TV가 켜져 있다는 사실은 중요하지 않았다. 뉴스에서 흘러나온 소식이 워낙에 놀라웠기 때문이었다.

'아, 그러고 보니 올해였던가.'

민혁은 기억을 더듬으며 거실에 있는 소파에 앉았다. 마침 소파 앞 테이블에 먹다 남은 건빵도 있어 허기도 채울 수 있었다.

소파에 몸을 묻고 TV를 보던 민혁은 이어진 모습에 입을 벌렸다.

─오빠아아아! 은퇴하면 안 돼애애애애!

민혁은 식은땀을 흘렸다. 지금 앵커를 붙잡고 곡을 하는 사람은 아무리 젊게 봐도 50대 이상으로 보이는 주부였다.

─아, 아주머니. 이러시면 안 됩니다.
─태지 오빠아아아아아!

TV에 나온 주부는 앵커의 멱살을 잡고 짤짤 흔들었다. 마치 앵커가 은퇴 소식을 전하지만 않았어도 서태지가 은퇴를 하지 않았을 거라고 믿는 것 같은 모습이었다.

주변에 들어찬 팬들은 주부를 말리기는커녕 곡소리를 높였다. 그 모습을 보자 새삼 슬픔과 상실감이 밀려드는 모양이었다.

"이땐 이랬구나."

민혁은 건빵을 입에 물고는 고개를 저었다. 회귀를 하기 이전의 이 시점에선 그냥 인기 많은 가수가 은퇴하는구나 하는 생각만 했었지만 지금 드는 생각은 그때와는 많이 달랐다. 다른 사람들은 모르는 사실을 알고 있다는 점도 한몫을 하고 있었다.

'그거 알려지면 아주 난리 나겠지?'

민혁은 연희동 골목을 꽉꽉 채운 팬들을 보고는 몸을 떨었다. 자신이 아는 걸 저기서 말했다간 독이 바짝 오른 팬들에 의해 갈기갈기 찢길지도 모르겠단 심정이었다.

특히, 아직도 앵커를 짤짤 흔드는 저 아주머니가 듣게 된다면…….

"…그냥 조용히 입 닫고 살자."

민혁은 좋은 게 좋은 거라고 생각하며 부엌으로 향했다. 건빵도 나쁘지 않기는 한데 좀 더 제대로 된 걸 먹고 싶었다.

하지만 집 안엔 먹을 게 없었다. 평소엔 찬장에 두어 개씩 들어 있던 라면도 없었고, 냉장고 옆 밥통도 비어 있었다. 평소 손이 크다는 소리를 듣는 박순자 여사의 씀씀이를 생각해 보면 이상한 일이었다.

'엄마 어디 가셨나?'

민혁은 무심코 안방을 보다 자기도 모르게 이마를 짚었다.

박순자 여사도 신문을 붙잡고 통곡하고 있었다.

*   *   *

민혁은 예정보다 일찍 일본으로 돌아갔다. 서태지의 은퇴에 충격을 받은 박순자 여사의 상태가 영 좋지 못했고, 때문에 집에서 쉬는 건 오히려 피로만 늘 것 같아 내린 결정이었다.

'분명히 예전엔 안 이랬던 것 같은데.'

민혁은 회귀 전을 떠올리며 머리를 긁었다. 그 당시의 박순자 여사는 서태지고 뭐고 아랑곳하지 않은 채 자신을 공부시키는 데에만 집중했던 기억이 있었기 때문이었다.

하지만 좀 더 생각하자 딱히 이상할 것도 없어 보였다. 들들 볶아야 할 아들이 일본으로 가버렸으니 다른 일에 집중하게 되었을 터였고, 그것이 당시 연예계를 지배하고 있던 서태지와 아이들이라 해도 이상할 건 전혀 없었다.

사실 회귀 전에도 서태지의 은퇴에 눈물을 쏟아내던 사람의 20% 정도는 30대 이상의 여성들이었으니, 아직 30대 중반인 박순자 여사의 반응은 어디까지나 정상적인 범위였다.

"아, 피곤해."

민혁은 클럽 하우스에 마련된 방에 들어가 짐을 풀곤 침대에 누웠다. 비행 자체는 짧았지만 집에서 김포공항까지의 이동, 그리고 코마키 공항(小牧空港)에서 이곳까지 오는 동안 쌓인 피로는 적지 않았다.

하지만 왠지 잠은 오지 않았다.

'훈련이나 할까……'

민혁은 축구공을 챙겨 들고 훈련장으로 향했다. 겨울 휴식기라 훈련장이 열려 있을지 걱정은 됐지만, 만약 문이 잠겨 있다면 근처에 있는 학교에서 훈련을 하고 올 생각이었다.

훈련장으로 향한 그는 관리인을 만나 훈련장을 사용할 수 있는지 물었다.

"훈련장?"

"네."

관리인은 머리를 긁었다. 1군 선수에게는 개방된 훈련장이지만 유소년 선수의 사용에 대해선 들은 바가 없었다. 애초에 유소년 선수가 개인 훈련을 하겠다고 찾아오는 일이 없기에 일어난 현상이었다.

고민하던 그는 결정을 내리고 입을 열었다.

"참. 네가 지난 대회 득점왕이지?"

"네."

"좋아. 오늘은 특별히 열어주마. 대신 다음부턴 감독님이나 코치님 허락을 받고 와라."

"감사합니다."

관리인은 웃으며 문을 열어주었다. 민혁은 눈이 치워진 훈련장을 보고는 공을 내려놓고 가벼운 스트레칭을 실시한 후 드리블을 연습했다. 열선이 깔리지 않은 구장이라 그런지 살얼음이 끼어 있는 부분도 있었고, 때문에 드리블은 길게 이어지지 못하고 조금씩 멈췄다. 아무래도 훈련을 계속하는 건 어려울 모양이었다.

못마땅한 표정을 지은 민혁은 공을 살짝 차올려 잡아 들곤 몸을 돌렸다. 오늘은 집에 가서 만화책이나 읽어야 할 것 같았다.

결정을 내린 민혁은 훈련장을 나와 걷다 누군가를 만났다. 모아시르 코치였다.

"어라, 코치님?"

"웅? 너 한국 간 거 아니었어?"

처량하게 빵을 먹던 모아시르는 눈을 동그랗게 뜨고 민혁을 보았다.

"그 빵 뭐예요?"

"아… 점심."

왜 빵을 먹느냐고 물으려던 민혁은 막 떠오른 생각에 입을 닫았다. 휴가철이라 훈련 일정이 줄어들자 구단 내 식당도 문을 닫았기 때문일 거라는 판단이 들었던 것이다.

하지만 그래도 빵을 먹을 필요는 없지 않은가.

"그램퍼스에서 연봉 별로 안 줘요?"

"무슨 소리야?"

"여기서 빵이나 먹고 있으니까 하는 소리죠."

모아시르는 어깨를 으쓱한 후 남은 빵을 입안에 구겨 넣었다. 옆에서 보기엔 처량하기 이를 데 없는 모습이지만 본인은 별로 신경을 쓰지 않는 것 같았다.

"감독님은요?"

"브라질 가셨어."

"코치님은 왜 안 갔어요?"

민혁은 문득 의문을 느꼈다. 브라질 최대의 축제로 꼽히는 리오 카니발이 열릴 시기가 이 무렵이라는 생각이 들자, 전형적인 브라질인인 모아시르가 일본에 남아 있는 게 이상하게 여겨진 탓이었다.

축구와 카니발. 이 두 가지는 브라질인들의 종교가 아닌가.

그런 의문이 표정에 드러났는지, 모아시르는 안타깝다는 표정을 짓고는 어깨를 으쓱하며 질문에 답했다.

"비행기 티켓이 너무 비싸더라고."

"구단 지원 받으면 싸게 살 수 있잖아요."

"그럴 만한 돈도 없어."

"왜요?"

"사정이 좀 있어서."

"뭔데요?"

모아시르는 말을 꺼내려다 말고 한숨을 쉬었다. 현재 인기리에 방영 중인 모 애니메이션 관련 물품을 사는 데 돈을 왕창 쏟아부었기 때문이라고는 입이 찢어져도 말할 수 없었다.

하지만 그런 노력은 효과를 보지 못했다. 빵을 포장하고 있던 종이를 버리려 움직인 순간, 주머니에서 바로 그 애니메이션 관련 물품이 바닥에 떨어진 탓이었다.

민혁은 바닥에 떨어진 스트랩을 보고는 떨떠름한 표정을 지었다.

'저게 뭐야…….'

스트랩엔 두 손을 모으고 있는 수녀의 모습이 달려 있었다. 현재 일본에서 절찬리에 방영 중인 '괴도 세인트 테일'. 한국에서는 '천사소녀 네티'라는 제목으로 방영된 미소녀 애니메이션의 등장인물인 미모리 세이라였다.

잠깐 굳었던 민혁은 금세 평정을 찾았다. 민혁도 아이돌 마스터의 광팬이던 시기를 거쳤던 사람이라 30대가 덕질을 하는 게 어떻단 말인가 하는 생각을 가지고 있던 덕분이었다.

'그래, 그럴 수 있지.'

민혁은 애써 못 본 척하며 인사를 건네고 훈련장을 떠났다. 모아시르의 얼굴에 당황이 가득 담겨 있음을 눈치챘기 때문이었다.

모아시르는 훈련장을 나서는 민혁을 힐끗 보고는 안도의

한숨을 길게 쉬었다. 속은 30대인 민혁이 사정을 봐준 거라고는 생각하지 못했던 그는 성호까지 그었다. 운이 좋았다고 생각하는 모양이었다.

그러던 그는 고개를 좌우로 돌려 주변을 확인한 후 스트랩을 집어 주머니에 넣었다. 혹여 누가 볼까 봐 서두르는 기색도 있었다.

그가 막 스트랩을 주머니에 넣을 때, 뒤편에서 그를 찾는 사람의 목소리가 들렸다.

"코치님! 코치님!"

"네?"

모아시르는 제풀에 놀라 당황하며 고개를 돌렸다. 혹시 자신이 미소녀 애니메이션 굿즈를 주머니에 넣은 걸 들킨 건 아닐까 하는 생각이 드는 순간이었다.

다행히도, 직원이 그를 부른 이유는 따로 있었다.

모아시르가 고개를 돌리자, 가슴을 누르며 숨을 헐떡이던 직원은 침을 꿀꺽 삼키고는 입을 열었다.

"1군 감독님이 찾으십니다."

*   *   *

몇 시간 전.

"이건 좀 이상한데……."

벵거는 유스 팀에서 올라온 보고서를 다시 보았다. 약 한 달 전에 막을 내린 '전 일본 U—12 축구 선수권대회'의 진행과 수상에 대한 내용이었다.

유스 팀인 그램퍼스 주니어의 우승은 기쁜 일이었다. 유소년 육성이 해답이라고 생각하는 사람이라면 더욱 그럴 터였고, 그런 생각을 가지고 있는 벵거로서는 이 보고서의 내용이 반가운 게 당연했다.

하지만 벵거는 마냥 기뻐할 수 없었다. 보고서를 천천히 훑어보자 납득하기 어려운 부분이 발견된 탓이었다.

아무리 득점이 축구의 전부는 아니라지만, 어시스트까지 포함하면 팀 득점의 70%를 책임진 선수가 MVP에 선정되지 않은 건 납득하기 어려웠다. 혹여 대부분의 시간을 없는 것처럼 보내다 결정적인 순간에만 나타나는 선수라고 해도, 이 정도의 수치를 기록했다면 가장 큰 영향력을 행사했다고 생각하는 게 당연할 터였다.

그런데, 어째서 다른 선수가 MVP에 선정되었단 말인가.

"모리사키⋯ 모리사키 겐조라."

벵거는 대회 MVP로 선정된 선수의 이름을 보고는 기억을 더듬었다. 하지만 떠오르는 내용은 하나도 없었고, 그것은 모리사키가 자신이 주목할 만한 선수는 아니라는 이야기였다.

최소한, 유스 팀 감독인 로드리게스의 입에서 몇 번이나 언급되는 민혁과 비교할 정도는 아니라는 뜻이다.

"흠……."

뱅거는 전화기를 들어 구단 내 기록실 직원을 불렀다. 지난 대회의 영상이 있는지 문의하기 위함이었다.

다행히 경기 영상은 갖춰져 있었다. 마침 캠코더의 보유가 유행이던 시기인 까닭에, 나고야 그램퍼스의 보드진은 소속된 모든 팀의 주요 경기를 녹화할 것을 직원들에게 요구하고 있었던 덕분이었다.

"고마워요."

뱅거는 비디오테이프를 가져온 직원에게 감사 인사를 한 후 그것들을 하나씩 확인해 보았다.

그는 각각의 경기를 확인하면서 보고서를 다시 읽었다. 혹시 자신이 잘못 판단한 게 있는지, 혹은 보고서의 내용이 잘못된 것은 아닌지 체크해 보기 위함이었다.

하지만 보고서에서 문제가 될 만한 내용은 찾지 못했고, 뱅거는 다시 한번 혼란에 빠져들었다.

차라리 베스트 DF로 선정된 하라구치가 MVP라면 납득할 수 있었다. 대회 초반 수비수로 활약하다 공격수로 전환해 성과를 냈다는 건 화제가 되기에 충분한 일이니 말이다.

물론 모리사키도 딱히 못한 건 아니었다. 그램퍼스 주니어에서 민혁에 이어 득점 2위를 하기도 했고, 유스 팀 감독인 에드슨 로드리게스의 코멘트에도 열심히 뛰면서 자기 할 일은 제대로 수행했다는 내용도 있었다.

그러나 민혁에게서 MVP를 빼앗는 건 불가능해 보였다. 영상에서 보이는 모습과 보고서에 기록된 내용 중 어느 것을 보아도 말이다.

"일본의 판단 기준은 많이 다른가?"

벵거는 그나마 납득할 수 있는 답안을 꺼내보았다. 하지만 그렇게 생각하려 해도 민혁과 모리사키가 보인 대회 활약은 너무 차이가 컸다.

미미한 차이라면야 판단의 기준이 다르기 때문이라 생각하고 납득할 수 있지만, 이 정도로 차이가 크다면 아무리 판단의 기준이 달라도 결과가 달라질 수 없었다. 민혁은 모든 면에서 모리사키의 기록을 압도하고 있었고, 민혁이 떨어지는 건 공중볼 하나뿐이기 때문이었다.

고개를 갸웃하던 그는 수화기를 들었다. 유스 팀 감독의 의견을 들어보고 싶었다.

"1군 감독이에요. 유스 팀 감독 있습니까? …아, 그래요? 언제 돌아오죠?"

구단 직원은 로드리게스가 브라질로 갔으며, 이번 달 말이 되어야 돌아온다는 이야기를 들려주었다. 로드리게스의 의견을 들으려 했던 벵거로서는 아쉬움이 남는 대답이었다.

그는 아직 보지 않은 비디오 중 하나를 레코더에 넣고 재생시켰다. 가시와 레이솔 유스와 만난 결승전 플레이 영상이었다.

화면을 유심히 보던 벵거는 턱을 쓰다듬으며 영상에 집중했다. 그중에서도 그의 주목을 끈 건 그램퍼스 주니어의 두 번째 골이자, 민혁이 그 경기에서 기록한 첫 번째 골이었다.

벵거는 자기도 모르게 마른침을 삼켰다. 간결한 드리블로 세 명을 제쳐낸 후, 각도가 없는 상황에서 아웃프런트킥을 구사해 만들어낸 골은 아름답기 그지없었다.

비록 그가 원하는 아름다움과는 약간의 차이가 있는 장면 이지만, 그 누구라도 이 장면을 보고 감탄하지 않기는 힘들 터였다.

그리고 경기 막판에 추가된 민혁의 추가골.

과정 자체는 그 전의 골보다 떨어지는 느낌이지만, 골 장면 하나만 놓고 본다면 푸스카스상을 주어도 아깝지 않다는 느낌마저 들었다.

"이런데도 MVP를 못 받았다는 건가……."

벵거는 도저히 납득하지 못하겠다는 표정을 지었다. 아무래도 대회에 참가했던 사람들의 이야기를 들어봐야겠다는 심정이었다.

영상이 끝나자, 그는 다시 전화를 걸어 질문을 던졌다.

"혹시 유스 팀 코치는 있나요?"

4

튜터링

"흠……."

뼁거는 팔짱을 낀 채 눈을 감았다. 모아시르의 이야기를 듣자 혼란이 가중되는 느낌이었다.

그러던 뼁거는 몇 달 전 민혁과 나눈 이야기가 떠오름을 느꼈다. 한국과 일본 사이의, 정확히는 양국의 국민들 사이에 존재하는 감정에 대한 내용이었다.

한국인들이 일본인을 보는 시선은 나치 부역자들을 바라보는 프랑스인의 시선과 같고, 일본인이 한국인을 보는 시선은 알제리 이민자들을 보는 프랑스인들의 시선과 같다고 했던가…….

"이제야 대충 이해가 되는군."

"네?"

"아무것도 아닙니다."

뱅거는 쓴웃음을 문 채 대답을 피했다.

민혁의 말대로, 일본인이 한국인을 보는 시선이 알제리 이민자들을 보는 프랑스인의 시선과 비슷하다면 모리사키에게 대회 MVP가 주어진 것도 이상하지 않았다.

자민족 우선주의에 입각한 시선을 가진 사람이 JFA의 간부로 있다면 한국인인 민혁에게 상을 주는 건 당연히 꺼려질 터였다.

득점왕이야 명백한 기록을 통해 결정하는 부분이니 민혁에게 주지 않을 수 없겠지만, 결정권자들의 합의로 선정되는 대회 MVP라면 얼마든지 입맛에 맞는 사람에게 줄 수 있는 부분이었다. 마음에 안 드는 사람을 배제할 수도 있다는 이야기였다.

"윤이라는 애, 혹시 침울해하거나 하지는 않나요?"

"그런 건 못 느꼈습니다."

"다행이군요."

뱅거는 안도했다. 뛰어난 재능을 가진 유망주가 망가지는 케이스는 드물지 않았고 이유도 다양했다. 그리고 그 다양한 이유 중엔 심리와 관련된 문제도 있었고, 뱅거는 그 부분만큼은 적절한 조치를 통해 해결이 가능하다고 믿고 있었다.

때문에 그는 선수들의 심리를 분석하는 데 심혈을 기울였다. 이미 AS 모나코 시절부터 심리 상담을 위한 전문가들까지 수배를 해놓을 정도였던 것만 봐도, 그가 선수들의 멘탈 관리를 얼마나 중요하게 생각하는지 알 수 있었다.

"혹시 이상한 점은 없었나요?"

"네?"

"가끔 불만이나 문제가 있어도 말을 하지 않고 버티는 선수들이 있으니까요."

모아시르는 잠시 기억을 더듬어보았다.

"아, 혹시……."

"혹시?"

무심코 입을 열었던 모아시르는 다급히 말을 삼켰다. 자신이 미소녀 애니메이션 상품을 가지고 있음을 보고도 그냥 넘긴 게 이상하다고 말하기는 뭔가 좀 그랬다.

하지만 지금 생각하자 그 부분이 마음에 걸리긴 했다. 보통 열한두 살 정도의 꼬맹이라면 그걸 가지고 놀려대는 게 정상적인 반응이니, 민혁의 상태가 정상은 아니라고 생각하는 것도 이상하진 않았다.

그렇지만 그 내용을 전부 다 말할 수는 없는 게 아닌가.

"…마음에 걸리는 게 있긴 하네요."

"어떤 부분이죠?"

"그, 반응이 좀 이상하달까요?"

벵거는 고개를 갸웃하며 좀 더 자세히 말해달라는 요청을 보냈다. 하지만 차마 그 내용을 다 말할 수 없었던 모아시르는 최대한 말을 얼버무리며 민혁의 상태가 좀 이상했다는 말만 되풀이했다. 자신이 오타쿠가 되었다는 것만은 최대한 감추고 싶었기 때문이었다.

"원래부터 다른 애들이랑 반응이 좀 다르긴 했지만, 요즘은 웬만하면 반응을 보일 일도 그냥 넘어가는 것 같았습니다. 뭔가 의욕이 없는 거 아닌가 싶기도……."

"그래요?"

벵거는 미간을 좁혔다. 유망주에게 있어 의욕이 얼마나 중요한지 잘 아는 탓이었다.

"흠……."

그는 의자에 앉아 턱을 괴고 생각에 잠겼다. 문제가 뚜렷이 나타난다면 해결법도 그에 맞춰 찾을 수 있지만, 모아시르의 말처럼 그냥 조금 이상한 정도라면 대응법을 찾는 것도 쉽지 않았다.

하지만 한 가지 확실한 건, 만약 민혁이 축구에 대한 의욕을 잃었다면 그것을 되살려야 한다는 점이었다.

방법을 고민하던 그는 결정을 내린 후 입을 열었다.

"주니어 팀 훈련은 어떻게 되고 있죠?"

벵거는 물었다. 그램퍼스에서는 1군과 관련이 없는 부분은 각 조직에서 총괄하고 있기 때문이었다.

"감독님이 휴가 중이셔서 자율제로 진행 중입니다."

"자율제요?"

"네."

모아시르는 설명을 보탰다. 감독의 부재로 인해 기본적인 기술 훈련만 하고 있는 상황이지만, 겨울 휴식 철임을 생각하면 이상하지 않다는 내용이었다.

그 말엔 벵거도 고개를 끄덕였다. 비시즌 중에 휴식을 취하는 건 당연한 일이었다.

1군 선수들도 시즌 후 두 달의 휴가를 얻은 상태였으니, 유소년 선수들이 기술 훈련을 하고 있는 것만으로도 할 일은 다 하고 있다는 판단이 가능했다.

그러던 벵거는 손을 살짝 튕겨 소리를 내며 입을 열었다.

"아, 그러면 되겠군."

"네?"

"통화 하나만 하겠습니다. 잠깐만 기다리세요."

벵거는 어딘가로 전화를 걸었다.

*   *   *

벵거의 최대 아웃풋은 조지 웨아와 티에리 앙리였다.

라이베리아의 이름 없는 축구선수에서 발롱도르 수상자가 된 조지 웨아와 유벤투스의 실패한 윙어에서 프리미어리그 득점왕 4회에 발롱도르 2위를 기록한 티에리 앙리.

그 누구라도 이 둘을 빼놓고는 벵거의 제자를 논할 수 없을 터였다.

하지만 그 외에도 벵거가 길러낸 제자는 많았고, 벵거가 길렀다고 할 수는 없어도 영광을 함께했다고 이야기를 할 수 있는 선수도 많았다. 데니스 베르캄프와 옌스 레만, 그리고 토니 아담스가 대표적인 사례였다.

그중에서 가장 평가가 높은 선수는 발롱도르 2위에 올랐던 데니스 베르캄프겠지만, 벵거는 훗날 그 베르캄프보다도 스토이코비치가 뛰어났다는 이야기를 남겼다. 여러 가지 이유로 인해 한정적인 성과를 거뒀을 뿐이지만 능력만큼은 발롱도르 2위를 기록한 베르캄프와 비교해도 뒤지지 않으며, 베르캄프 이상의 우아함을 가지고 있다는 이유에서였다.

그 말을 기억하고 있던 민혁은 스토이코비치에게 조언을 얻어보라는 벵거의 제안을 아무 불만 없이 받아들였다. 그런 선수에게 배우는 것이 손해가 될 이유는 없기 때문이었다.

'드리블 훈련은 별로 도움이 못 됐지만.'

민혁은 예전의 일을 떠올리곤 쓴웃음을 지었다.

스토이코비치가 가르쳐 주었던 드리블은 실전에 쓰기엔 무리가 있었다. 억지로 하려고 한다면 못 할 것까지는 아니겠지만, 굳이 그 드리블을 써야 할 만한 상황도 나오지 않았고 말이다.

하지만 스토이코비치 덕분에 도움이 된 것도 분명히 있었다. 기술의 완성도도 중요하지만 타이밍을 뺏는 게 더 중요하며, 기술은 바로 그 타이밍을 얻기 위한 동작일 뿐이라는 점을 깨닫게 해준 게 스토이코비치의 플레이였으니까.

민혁이 그런 생각을 하고 있을 때, 훈련복을 갖춰 입고 나온 스토이코비치는 민혁을 힐끗 보곤 입을 열었다.

"제라드인가 뭔가한테 가르쳐 달라고 하지 왜?"

"…그걸 아직도 마음에 두고 있었어요?"

민혁은 어이가 없다는 표정을 지었다. 아무리 그래도 한 리그에서 최고로 꼽힌다는 사람이 11살 꼬마가 했던 말을 아직도 마음에 담아둘 줄이야 누가 알았겠는가.

그 표정을 읽은 스토이코비치는 웃으며 말했다.

"농담이다."

아무리 성격이 더럽기로 유명한 스토이코비치라도 11살 꼬마의 말에 삐질 정도로 속이 좁지는 않았다. 게다가 제라드라는 이름을 들어보지도 못한 스토이코비치였기에, 그는 민혁이 말한 제라드가 어떤 게임에서 나오는 가상 선수가 아닐까 하는 생각도 하고 있었다.

다시 말해, 제라드에게 질투를 느끼거나 민혁에게 삐질 만한 상황이 아니었단 뜻이다.

"그럼 천천히 시작해 보자. 제일 궁금한 게 뭐지?"

"어… 일단 트래핑부터 배우고 싶은데요."

"트래핑? 너 그거 제법 잘한다고 들었는데?"

"제일 중요한 거니까 계속 연습해야죠."

민혁은 그렇게 답하곤 몇 가지 질문을 던졌다. 다양한 상황을 가정해 어떤 방식의 터치가 가장 좋은지에 대한 질문이 뒤를 이었고, 스토이코비치는 하나씩 시범을 보여주며 설명을 꺼냈다.

스토이코비치는 훌륭한 코치의 재능을 갖추고 있었다. 아스날 재임 15년 차의 벵거가 자신의 후임으로 스토이코비치를 추천했던 적도 있음을 생각하면 당연한 일이겠지만, 그것까지는 알지 못했던 민혁은 훈련에 대한 조언을 받으며 감탄을 연발했다.

21세기가 되어서야 발견된 트레이닝 관련 지식을 갖춘 자신조차도 알지 못했던, 그야말로 경험에서 우러나오는 조언과 설명들이 얼마나 큰 효과를 발휘하는지 체감했기 때문이었다.

"이 정도면 됐나?"

"아, 하나만 더요."

"응?"

민혁은 문득 예전에 보았던 영상을 떠올리며 물었다. 베르캄프가 뉴캐슬전에서 보여주었던, 베르캄프 스스로도 우연히 만들어진 장면이라 말했던 테크닉을 재현할 수 있는지에 대해서였다.

"쉽지 않겠는데……."

스토이코비치는 몇 번 트래핑을 해보고는 고개를 저었다.

"안 될 것 같은데?"

"그래요?"

"누가 했던 거야?"

"네."

"누구? 그 제라드인가 뭔가?"

"아뇨. 베……."

"베?"

민혁은 어색하게 고개를 저었다. 아직 일어나지 않은 일이라 베르캄프라는 이름을 댈 수 없었다. 베르캄프는 이미 유명인이 된 이후라 조금만 노력하면 확인이 가능하기 때문이었다.

민혁은 애써 화제를 돌렸다.

"근데 진짜 못 해요? 할 수 있을 거라고 생각했는데."

"음……."

스토이코비치는 조금 더 고민하다 말했다.

"그래. 한번 해보자."

그는 몇 번의 시도 끝에 아슬아슬한 성공을 거뒀다. 실전이 아니라는 점을 감안하더라도 놀라지 않을 수 없는 장면이었다.

"와!"

민혁은 감탄했다. 과연 뱅거로부터 베르캄프 이상의 천재라는 말을 들을 정도라는 느낌이 드는 모습이었다.

'그러고 보니… 아스날 가면 베르캄프도 보게 되겠네.'

생각을 전환한 민혁은 기대감을 품었다. 과거 동영상을 통해 보았던 베르캄프의 플레이가 머릿속에 떠올랐다. 만약 그것을 직접 보게 된다면 어떤 기분일까 생각하자 기대감이 훌쩍 밀려들었다.

하지만 그 기대감은 뒤이어 떠오른 생각으로 인해 순식간에 지워졌다. 얼마 후인 1998 프랑스 월드컵에서 대한민국이 5 대 0으로 패하고, 그 중심엔 네덜란드의 에이스였던 데니스 베르캄프가 있었다는 기억이 떠오른 탓이었다.

'아마 이번에도 비슷하겠지.'

민혁은 씁쓸하게 웃었다. 분명 이번에도 5 대 0이나 그것에 버금가는 스코어가 나오리라는 생각이었다. 네덜란드와 한국의 팀 구성이나 전술에 변화가 생길 이유가 없으니 말이다.

굳이 기대를 가져본다면 자신의 회귀로 인해 생기는 나비효과 정도겠지만, 그 나비효과가 그 경기에 영향을 줄지는 미지수였다.

설령 영향을 준다고 해도 양 팀의 전력이 변하는 게 아니라면, 어쩌면 더 큰 스코어로 지게 되는 결과만 낳을지도 몰랐다. 당시 기록한 5 대 0이라는 스코어도 골키퍼인 김병지의 눈부신 선방이 이어진 결과였으니까.

"이거 힘든데? 이걸 실전에서 썼단 말이야?"

"어… 그렇죠 뭐."

민혁은 대충 말을 얼버무렸다. 스토이코비치는 고개를 살짝 꺾으며 트래핑을 몇 번 해보다 조금 전의 스킬을 다시 한번 시도해 보았고, 그때마다 조금씩 감을 잡은 듯한 표정이 진해져 갔다.

그로부터 세 달 후.

일본의 신문은 놀라운 개인기를 발휘해 수비를 뚫은 스토이코비치의 기사로 도배되었다.

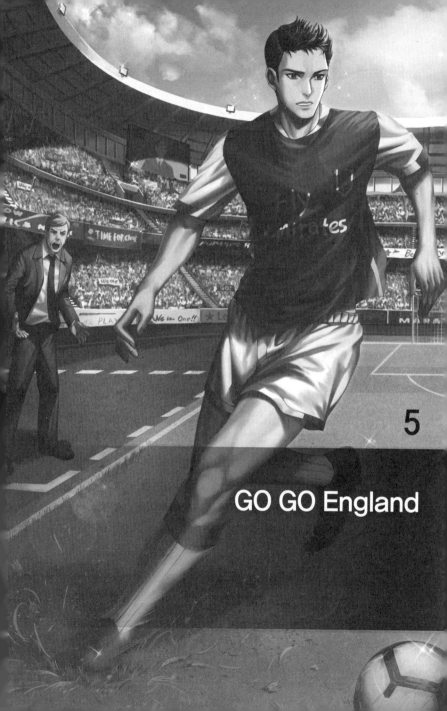

5

GO GO England

나고야 그램퍼스는 1996 시즌에도 순항을 이어갔다.

연초에 이어진 슈퍼 컵에서는 전년도 리그 우승 팀인 요코하마 마리노스를 꺾어 컵을 들었고, 이어진 리그에서는 가시마 앤틀러스 및 주빌로 이와타와 우승 경쟁을 이어가고 있었다. J리그의 짐덩이라고 불리던 2년 전까지의 그램퍼스로서는 상상도 하기 힘든 호성적이었다.

더불어 벵거의 주가는 계속해서 높아졌다. 비록 축구 변방인 J리그에서의 성과라지만 만년 하위 팀을 우승권으로 끌어올렸다는 건 주목할 만한 일임이 분명했다. 게다가 벵거는 본래부터 유럽에서도 주목하고 있던 감독이었으니, 그가 J리그에 남아 있는 것 자체가 사실 이상한 일이었다.

때문에 벵거를 향한 유럽의 오퍼는 계속해서 이어졌고, 그 중엔 뜻밖의 팀도 있었다.

"응? 토트넘 핫스퍼에서 오퍼가 왔다고요?"

"그렇다던데?"

모아시르는 1군 코치들에게 들은 이야기라며 뒷내용을 말했다. 토트넘의 회장인 앨런 슈가(Alan Michael Sugar)가 벵거를 찾아와 토트넘의 감독이 되어줄 것을 요청했고, 벵거가 긍정적인 반응을 보였다는 내용이었다.

'과연 긍정적이었을까……'

민혁은 그럴 리 없다는 생각을 했다. 벵거의 행선지는 토트넘이 아닌 아스날이라는 사실을 알고 있기 때문이었다.

하지만 그램퍼스 코치들의 반응도 납득을 못 할 이유는 없었다.

당시의 토트넘 핫스퍼는 프리미어리그의 중위권 팀으로, 명문 팀이라고는 할 수 없어도 나고야 그램퍼스보다 월등히 좋은 팀임은 분명했다.

이유는 간단했다. 리그의 수준에서도 차이가 많이 나는 데다가, 해당 리그 내에서의 위치도 토트넘이 그램퍼스보다 높았다.

토트넘의 지난 시즌 성과는 리그 8위였고, 전 시즌인 1994—1995 시즌엔 리그 7위를 기록해 인터토토 컵에 진출하는 성과도 이뤘다.

비록 유의미한 결과는 얻지 못했지만, 유럽 대륙컵에 진출했다는 것만으로도 나고야 그램퍼스보다 월등한 클럽으로 분류될 자격이 있었다.

그러니, 벵거가 아스날로 갈 거라는 미래를 알지 못하는 그램퍼스의 코치들로서는 벵거의 토트넘행을 점치는 것도 당연할 터였다.

'자칫 잘못했으면 토트넘 감독 아르센 벵거가 됐을지도 몰랐겠네.'

민혁은 가벼운 웃음을 물었다. 만약 벵거가 토트넘으로 갔으면 어땠을까 하는 생각이 들어서였다.

물론 그런 일은 일어나지 않을 터였다. 이미 벵거는 아스날의 단장인 데이비드 딘과 긴밀한 관계를 맺고 있었고, 벵거를 대신해 아스날의 감독이 되었던 브루스 리오치는 성적 부진을 이유로 해임당한 상태였다.

현재 아스날을 이끌고 있는 건 코치였던 스튜어트 휴스턴이지만, 그는 곧 퀸스 파크 레인저스(Q.P.R)에게 감독직을 제의받고 아스날을 떠나게 될 터였다.

벵거 감독이 나고야를 떠나게 되는 시점이 바로 그 무렵.

그리고 그때가 바로 이 시기였다.

"전 감독님 토트넘에 안 갈 것 같은데요?"

"글쎄… 하지만 감독님이 여기에 계속 남아 계실 것 같지도 않은데? 올해가 계약 마지막인 데다가 유럽에서도 오퍼가 계속 오고 있잖아. 얼마 전엔 감독님 친정 팀인 스트라스부르에서도 제의가 왔고."

"그거야 그렇죠. 하지만 토트넘은 아닐 거라는 이야기예요."

"왜?"

"…그냥 감이라고 할게요."

민혁은 말을 얼버무렸다. 미래를 한 번 경험하고 왔다고는 할 수 없는 일이었다.

"그럼 스트라스부르로 갈 것 같다는 거야? 거기 토트넘보다 안 좋은 데다가 연봉도 별로 못 주는 곳이잖아."

"아뇨. 다른 데요."

"어디?"

"아스날요."

"응? 아스날?"

모아시르는 고개를 갸웃했다. 벵거 감독이 명장임은 분명하지만, 그래도 아스날 같은 명문이 J리그에 2년이나 있던 감독의 영입을 시도할 거라고는 생각하지 못했기 때문이었다.

"아스날은 명문이잖아. 굳이 모험을 하려고 할까?"

"바이에른 뮌헨에서 두 번이나 영입하려고 했던 사람이 감독님이에요. 아스날 정도면 감독님이 아깝죠."

"그거야 옛날이야기지. 거기다 아스날은 영국인 아니면 감독으로 선임하지 않잖아."

모아시르는 계속해서 부정적인 반응을 보였다. 이미 작년에도 데이비드 딘이 벵거를 감독으로 추천했다는 걸 모르는 그로서는 당연히 보일 수밖에 없는 반응이었다.

"그럼 1만 엔 걸고 내기할래요?"

"네가 돈이 어디 있어서?"

"저 구단에서 용돈도 받잖아요. 1만 엔 정도는 있어요."

모아시르는 잠깐 고민에 빠졌다. 그렇지 않아도 최근 빠진 애니메이션 관련 물품을 사느라 며칠째 컵라면만 먹고 생활하는 처지였다.

하지만 고민은 길지 않았다. 아무리 그래도 열두 살짜리 꼬마의 주머니를 터는 건 내키지 않았다.

"됐다. 내가 이기면 1만 엔까지 줄 필요는 없고, 그냥 밥이나 한 번 사."

"후회할 텐데요."

모아시르는 피식 웃었다. 아스날이 벵거를 선임할 가능성은 없다고 확신하는 모양이었다.

"밥 얻어먹게 됐는데 후회를 왜 해?"

"과연 그럴까요……."

민혁은 왠지 죄책감을 느꼈다. 아무것도 모르는 사람을 털어먹는 느낌이었다.

그것도 생활고에 시달리는 사람을 상대로.

"그냥 내기 없던 걸로 할래요?"

"왜? 자신 없어?"

"그건 아닌데 좀 미안해서요."

"뭐가?"

"코치님 탈탈 털어먹는 느낌이라서?"

모아시르는 혀를 찼다. 그래도 사내놈이라고 자존심을 지키려고 한다는 느낌이었다.

"…그냥 질 것 같아서 취소하고 싶다고 해."

"네?"

민혁은 울컥했다. 털어먹는 느낌이고 뭐고 자존심 때문에라도 취소를 못 할 상황이었다.

그는 종이와 펜을 내밀며 입을 열었다.

"말로만 하지 말고 각서까지 쓰죠?"

*   *   *

민혁은 땀을 닦으며 스코어보드를 보았다. 살짝 불만이 담긴 표정이었다.

'좀 더 넣어야 되는 경긴데.'

그는 미간을 좁히며 입술을 물었다. 5 대 0 이상이 되어야 할 경기가 2 대 0으로 유지되고 있음이 마음에 들지 않았다.

현재, 그램퍼스 주니어는 아이치 현에 있는 팀과 연습경기를 하고 있었다. 다른 팀들은 전 일본 U—12 축구 선수권대회 지역 예선을 치르고 있을 시기였지만, 전년도 우승 팀인 그램 퍼스 주니어는 지역 예선에 참가하지 않아도 본선 진출이 확정되어 있었기 때문이었다.

하지만 연습경기라고 해서 가볍게 생각할 상대는 아니었다.

이번 연습경기의 상대는 작년에도 한 번 마주친 적이 있는 아이치 FC였고, 민혁을 못마땅하게 만든 사람은 그때도 골키퍼를 맡고 있던 미즈시마 유스케였다.

본래대로라면 작년을 끝으로 축구를 그만두어야 했을 미즈시마였지만, 민혁이 그램퍼스 주니어로 들어와 대회에 참가하면서 생긴 변수가 그를 아이치 FC에 남게 한 것이다.

그리고 그것은 민혁에게 엄청난 스트레스를 주고 있었다. 놀라운 반사신경으로 골이나 다름없던 슛을 세 번이나 막아낸 상대를 보아야 했으니 말이다.

"그래. 베르캄프 심정이 딱 이랬겠구나."

"응?"

"아, 아뇨. 혼잣말이에요."

민혁은 애써 말을 돌렸다. 2년 후 있을 98 프랑스 월드컵 조별 예선에서 있을 일이라고 말할 수는 없는 일이었다.

로드리게스는 민혁을 이상하다는 시선으로 쳐다보았다. 다른 건 다 좋은데 가끔씩 이상한 말을 하는 버릇이 있는 것 같다는 느낌이었다.

민혁은 애써 화제를 돌렸다. 물론 원인은 자신이라지만, 저런 시선을 받는 건 기분이 좋지 않았다.

"근데 감독님. 저쪽 골키퍼 잘하지 않아요?"

"상당히."

로드리게스는 민혁의 말에 동의를 표했다. 작년에도 괜찮은 골키퍼라는 생각을 하긴 했지만, 일 년이 지나 보는 미즈시마는 그때보다 수준 높은 골키퍼가 되어 있었다.

"하지만 골키퍼를 빼고는 작년보다 나은 점이 없는 것 같구나."

민혁은 로드리게스의 평가에 공감했다. 전반전 내내 밀리다 후반에 들어서야 간신히 역전승을 했던 작년과 달리, 올해 만난 아이치 FC는 그램퍼스 주니어의 공격에 맥을 못 추는 느낌이었다. 아마도 작년의 주전 멤버가 팀을 떠났기 때문인 모양이었다.

'하긴, 작년에 6학년이었던 애들은 중학교 레벨로 올라가 버렸겠구나.'

민혁은 납득했다. 주전이 대거 사라졌다면 작년과 다른 실력이 나오는 것도 당연할 터였다.

거기에 그램퍼스 주니어에게 밀려 전 일본 U—12 축구 선수권대회에 나가지 못한 아이치 FC였으니, 작년에 경험을 쌓아야 했을 5학년 멤버들이 제대로 성장하지 못한 것도 이런 실력이 나오는 원인일 터였다. 백업으로 투입되는 5학년 선수들이 큰 대회에서 경험을 쌓아 성장해 다음 해의 팀을 책임지는 게 모든 스포츠 팀의 일반적인 모습이니 말이다.

5학년을 주축으로 했는데도 우승을 차지한 그램퍼스 주니어는 극히 예외적인 케이스였다. 그리고 그 5학년들은 올해 6학년이 되어 다시 한번 전 일본 U—12 축구 선수권대회에 출전할 예정이었으며, 그로 인해 일본 축구계는 이번 대회 우승도 그램퍼스 주니어가 차지할 가능성이 높다고 생각하고 있었다.

하지만 민혁의 생각은 달랐다. 올해 벵거가 아스날로 부임하면 자신도 따라갈 예정이기 때문이었다.

과연 자신이 없는 그램퍼스 주니어가 대회 우승을 할 수 있을까.

그런 생각을 하던 민혁은 로드리게스의 목소리를 듣고서야 현실로 돌아왔다.

"윤."

"네?"

"무슨 생각을 그렇게 하지?"

"어… 측면공격은 어떨까 하는 생각을 잠깐……."

"…내 말에 집중해라."

로드리게스는 민혁에게 주의를 주고는 전술 변화를 설명했다.

이번에도 투 머치 토커의 자질을 발휘한 그는 쓸데없는 소리로 하프타임의 대부분을 소비했다. 때문에 그가 지시한 전술 변화는 2 대 1 패스를 통한 침투로 완벽한 기회를 노리라는 내용 하나뿐이었지만, 결과적으로 그 지시는 완벽한 결말을 만들어내었다. 페널티박스에서의 짧고 빠른 패스를 통해 만든 기회로 세 골을 추가한 것이다.

"좋아. 잘했다!"

로드리게스는 승리를 거둔 선수들을 칭찬했다. 무엇보다 기쁜 건 그램퍼스 주니어의 공격진들이 민혁의 패스를 어느 정도 따라가는 모습을 보였다는 점이었다.

작년까지만 해도 신체 능력만으로 축구를 하던 모리사키와 강영훈도 기술적인 부분의 성장을 거뒀고, 올해 초에 포워드로 포지션을 완전히 변경한 하라구치는 공격진의 제 2옵션으로 자리한 지 오래였다. 감독으로서는 기쁘지 않을 수 없는 발전이었다.

기분이 좋아진 로드리게스는 선수들을 데리고 근처에 있는 라면집에 들어섰다. 내심 고기를 기대하던 선수들은 실망감을 표현했지만, 육식에 익숙하지 않았던 코치진의 찬성을 뒤집을 방법은 없었다.

간단한 회식을 마친 후 클럽 하우스로 돌아온 민혁은 침울한 표정의 모아시르를 발견했다.

"코치님?"

"…후."

"왜 그래요?"

모아시르는 민혁에게 봉투를 내밀었다.

"이게 뭐예요?"

"1만 엔."

"네?"

얼마 전의 내기를 까먹고 있던 민혁은 영문을 모르겠다는 표정을 지었다. 도대체 모아시르가 자신에게 1만 엔을 내밀 이유가 뭐가 있는가 하는 생각이 들어서였다.

"이걸 왜 줘요?"

모아시르는 침울한 표정으로 답했다.

"벵거 감독님 아스날 가신대."

＊   ＊   ＊

벵거는 과거에 했던 말을 지켰다. 자신이 아스날로 가게 된 다면 민혁도 데리고 간다는 약속의 이행이었다.

그로 인해 민혁은 한국으로 돌아와 잉글랜드행을 위한 절차를 밟게 되었고, 그 과정에서 박순자 여사는 아들에게 사기를 당했다.

민혁은 아스날로 가기 위해 과장을 한참 보탰다. 사실은 벵거를 따라 런던으로 가는 것뿐이었지만, 그는 런던에 있는 좋은 학교에 장학생으로 가게 됐다는 헛소리를 함으로써 박순자 여사를 기절시켰다. 너무 기뻐도 정신을 잃을 수 있음이 증명된 순간이었다.

그로 인해, 민혁의 아버지인 윤수호 과장은 아들이 사기를 쳤음을 알게 되었다. 혼절해 버린 박순자 여사를 보고 기겁한 민혁이 쓰러진 그녀를 흔들며 울다 무심코 사실을 실토했기 때문이었다.

다행히 그는 민혁의 거짓말을 묻어주었다. 아들의 꿈을 꺾고 싶지 않다는 아버지로서의 생각도 들어 있었고, 유럽으로 진출하는 감독이 특별히 데려갈 정도라면 재능도 충분하지 않을까 하는 기대도 섞여 있었다.

판검사를 부르짖는 박순자 여사가 듣는다면 경기를 일으키며 등짝을 때릴 이야기지만, 꼭 공부로 성공해야 하는 건 아니잖은가.

"엄마한테는 비밀이다."

민혁은 병실을 힐끗 보곤 고개를 끄덕였다. 놀라 정신이 나갔을 땐 자기도 모르게 사실을 전부 실토했지만, 지금 와서 생각하면 아찔한 순간이었다.

만약 공부가 아니라 축구를 하러 간다는 걸 박순자 여사가 알게 된다면…….

'아, 진짜 입 꾹 다물고 있어야겠다.'

민혁은 다시 한번 다짐을 되새겼다. 무슨 일이 있어도 1군에 진입할 때까지는 박순자 여사에게 들키지 말아야겠다는 다짐이었다.

그가 병원 복도에서 다짐을 되새기고 있을 때, 어디선가 들어본 듯한 목소리가 들렸다.

"너 민혁이 아니니?"

민혁은 고개를 돌렸다. 그러자 어딘지 익숙한 것 같은 느낌의 주부들이 보였다. 박순자 여사의 병문안을 온 동네 주부들이었다.

"안녕하세요."

"민혁이 맞구나! 진짜 오랜만이다!"

주부들은 본래의 목적을 싹 잊어버린 채 복도에 멈춰서 민혁을 둘러싸고 수다를 시작했다. 당황한 민혁은 자리를 뜨려다 당혹감을 느꼈다. 어찌나 포위망이 촘촘하던지 도저히 빠져나갈 수 없을 것 같은 느낌이었다.

'조금만 참자.'

민혁은 머릿속으로 딴생각을 하며 포위망이 걷히길 기다렸다. 언제까지고 이러지는 않을 거란 생각이었다.

하지만 그건 주부들의 수다력을 얕본 판단이었다.

버티던 민혁은 다리가 저려옴을 느꼈다. 무심코 고개를 돌린 그는 무려 한 시간 반이 훌쩍 지났음을 깨닫곤 입을 벌렸다. 이건 그램퍼스 주니어의 투 머치 토커 에드슨 로드리게스도 혀를 내두를 만한 수다였다.

한참을 그러던 그녀들은 민혁의 신음을 듣고는 고개를 돌리며 화제를 바꿨다.

"참, 민혁이 영국으로 유학 간다며?"

"네."

"민혁이 엄마 정말 좋겠네. 하나 있는 아들이 벌써부터 효도를 하고 말이야."

"그러게. 우리 재영이는… 어휴, 생각만 해도 짜증이 나네."

잠깐 민혁에게 눈을 돌렸던 주부들은 또다시 자신들만의 세계를 만들어 떠들어댔다.

민혁은 주부들의 대화를 들으며 혀를 내둘렀다. 그 수다를 듣던 중, 박순자 여사가 전화로 자랑을 늘어놓았음을 알게 됐기 때문이었다.

동시에 민혁은 죄책감을 느꼈다. 영국으로 가는 건 맞지만 공부가 아니라 축구 때문이니까.

"저기……."

"어머, 어머. 그거 진짜야?"

"그렇다니까. 경희 그 계집애 장학금 받는다고 그 자랑을 쳤는데, 알고 보니까 경희 아빠네 회사에서 그냥 지원이 되는 거더라고."

"그런 걸 가지고 자랑을 했단 말야?"

"참, 경희 엄마 오늘 여기 안 오지?"

남의 비밀을 자랑스레 꺼냈던 재영 엄마는 순간 흠칫하며 주변을 두리번거렸다.

"그래도 부럽긴 하네. 남편이 대기업 다니니까 그런 것도 나오고."

"경희 공부 잘하는 것도 다 돈지랄이지. 과외를 그렇게 시켜대는데 못하는 게 말이 돼?"

"뭐뭐 하는데?"

"국어 영어 수학은 기본이고 피아노에 프랑스어까지 한대. 나중에 파리로 유학 보낼 거라고."

"그렇게 해서 본전이라도 건지려면 하버드는 가야겠네."

"프랑스 간다니까 소르본느 가야지. 근데 실력이 될까?"

민혁은 그녀들 사이에서 괴로움에 몸을 비틀었다. 도대체 어떻게 두 시간 가까이 가만히 서서 수다를 떨 수 있는지 신기할 지경이었다.

괴로움에 몸부림치던 민혁은 병실 안으로 들어가든지, 비켜 주든지 하라는 신호를 몇 번이나 보냈다. 하지만 자기들만의 세계에 빠져 버린 주부들은 민혁의 말을 듣지 못한 채 수다를 계속 떨었고, 견디다 못한 민혁은 벽에 등을 기댄 채 눈을 감았다. 사실상의 체념이었다.

그녀들의 수다는 한 시간을 더 이어지고 나서야 일단락됐다.

*   *   *

―아들, 영국 도착하면 꼭 전화해!

"네, 네. 알았으니까 이제 끊어요."

민혁은 수화기를 내려놓고 한숨을 쉬었다. 일본으로 돌아온 지 하루밖에 지나지 않았는데도 다섯 번이나 전화가 걸려

왔기 때문이었다.

물론 이해를 못 할 건 아니었다. 박순자 여사가 아닌 누구라도 이제 열세 살밖에 안 된 아들이 지구 반대편에 있는 국가로 떠난다면 걱정이 되지 않을 리 없었다.

일본이야 바로 옆 나라인 데다 비행기로 두 시간이면 왕래가 가능하니 시골로 내려보낸 정도의 기분이겠지만, 미국도 아닌 영국이라면 완전히 딴 세상 이야기처럼 들릴 게 뻔한 것이다.

"으으, 안 그래도 피곤한데."

민혁은 투덜대며 방으로 돌아가 계속해서 짐을 쌌다. 예정대로라면 어제 짐을 다 싸놨어야 했지만, 박순자 여사가 쓰러져 버린 까닭에 일본으로 오는 게 이틀이나 늦었기에 영국으로 가는 일정도 완전히 꼬여 버린 터였다.

그 기억에 미간을 좁히던 그는 테이프를 뜯어 박스를 붙이고 입을 열었다.

"내일이면 여기도 안녕이네."

민혁은 옷가지가 들어 있는 박스를 보고는 한숨을 내쉬었다. 분명 별로 돈을 쓴 기억도 없는데, 어째서인지 가지고 가야 할 짐이 한가득 있었다.

그렇다고 멀쩡한 물건들을 버리고 갈 수도 없는 일이라, 민혁은 남은 짐들을 마지막 박스에 구겨 넣고 투덜댔다.

그러던 민혁은 초인종 소리를 듣고는 고개를 갸웃했다. 이 시간에 자신을 찾아올 사람이 있다고는 생각하지 못하고 있었던 탓이었다.

'누구지?'

의아해하던 민혁은 문을 열었고, 바깥에 있는 그램퍼스 주니어 선수들을 보고는 옅은 당황을 느꼈다. 약 1년 반 정도 같이 플레이를 하긴 했지만 딱히 친하다고는 느끼지 못했던 애들이기 때문이었다.

"뭐야?"

"너 영국 간다며?"

"그런데?"

그램퍼스 주니어의 선수들은 왠지 배신당한 듯한 표정을 짓고 있었다. 민혁으로서는 황당하기 그지없는 반응이었다.

어이가 없다는 표정으로 그들을 보던 민혁은 어깨를 으쓱하며 입을 열었다.

"지난번에 한번 말하지 않았나?"

"…어?"

모리사키는 할 말을 잃고 버벅댔다. 그러고 보니 약 1년 전에 그런 말을 했던 기억이 있었다.

"아무튼 왜 왔어? 따지려고?"

"어, 그게……."

모리사키는 계속해서 버벅댔다. 예전에 민혁이 말을 꺼냈던 기억이 떠오르는 바람에 하려던 말을 꺼내기가 민망해진 탓이었다.

한참을 그러던 그는 어색한 표정으로 입을 열었다.

"자, 잘 가라고."

"아, 그래."

민혁은 대충 고개를 끄덕인 후, 딱히 할 말이 없다면 이만 돌아가라는 표정을 보이곤 문을 잡았다. 다음 말이 없다면 그대로 문을 닫을 생각이었다.

그가 막 문을 닫으려 할 때, 무리 속에서 누군가의 목소리가 들렸다.

"잠깐. 그럼 일본엔 언제 오는데?"

"아마 안 올걸?"

"응?"

"영국 팀에서 뛸 건데 일본에 올 이유가 없잖아."

"그럼 이제 못 봐?"

하라구치는 별일 아니라는 투로 입을 열었다.

"청소년 대표에서 만나면 되는 거 아냐?"

"야, 쟨 한국인이잖아. 못 만나."

"아… 그랬지……."

하라구치는 스즈키의 반박을 듣고는 머리를 긁었다. 그제야 국적이 다르다는 사실이 떠오른 것이다.

"잠깐, 그럼 상대 팀으로 만나나?"

민혁은 속으로 중얼거렸다.

'…일단 너희가 청소년 대표가 될 수 있느냐가 문제 아닐까.'

그는 살짝 고개를 저었다. 물론 아직 어린 나이니 발전을 할 가능성은 충분했지만, 그래도 지금 하는 걸로 봐서는 모리사키와 하라구치 정도만 미약한 가능성이 보였다.

하지만 그 둘도 뭔가 특별한 일이 없다면 청소년 대표에 오르기 힘들 터였다. 민혁의 기억에 남은 미래의 일본 대표 팀 명단엔 두 사람의 이름이 없기 때문이었다.

그러던 민혁의 머릿속에, 자신에게 일본 귀화를 제안했던 이시카와의 모습이 떠올랐다. 어쩌면 그가 이 애들에게 도움이 될지도 몰랐다.

"이시카와라는 사람 만나면 잘 보여."

"응?"

"JFA 위원이라더라."

"네가 그런 사람을 어떻게 알아?"

민혁은 대수롭지 않다는 표정으로 말했다.

"나보고 일본에 귀화하라더라고. 해외 유학이랑 대표 팀 제안하면서."

"뭐?

몰려든 아이들의 표정에 놀라움이 깃들었다.

"그래서? 귀화할 거야?"

"안 해."

민혁은 귀찮다는 표정으로 고개를 저었다. 어쩐지 대화가 길어질 느낌이었다.

그렇게 어수선한 하루가 지나고, 비행기에 올라 20시간을 보낸 민혁은 히드로 공항에 내려 주변을 둘러보았다. 혹시 아스날에서 나온 안내인이 있지나 않을까 싶어서였다.

하지만 그를 데리러 온 안내인은 없었다. 아마도 민혁 자신의 일정이 갑자기 변경되었기 때문인 모양이었다.

'어쩔 수 없지.'

민혁은 어깨를 으쓱했다. 자신이 평범한 열세 살 꼬마라면 발을 동동 구르며 난처해했겠지만, 30대의 정신을 가진 그에겐 조금 더 귀찮아진 것에 불과할 뿐이었다.

그는 짐을 챙겨 공항을 나와 택시를 잡았다. 일본이나 영국이나 택시비가 한두 푼 하는 게 아님은 알고 있지만, 그래도 여기서 벵거가 있을 하이버리까지 걸어서 갈 수는 없었다.

만약 인터넷이라도 발달한 21세기 초라면 모르겠지만, 인터넷은커녕 스마트폰도 없는 지금으로서는 택시 외의 방법이 없는 것이다.

"어른은?"

"저 혼자예요."

"음?"

"돈은 충분히 있으니까 걱정 마세요."

민혁은 10파운드짜리 지폐 두 장을 보여주었다.

"어디로 가는데?"

"하이버리요."

"관광객이야?"

"관광객이 혼자 올 리 있어요?"

"그럼?"

"유스예요."

"유스?"

택시 기사는 놀란 표정으로 뒤를 돌아보았다. 동양인 꼬마가 아스날에 들어간다는 걸 믿지 못하는 표정이었다.

"너 동양인이잖아?"

"축구만 잘하면 되지 인종이 무슨 상관이에요?"

"그건 맞는 말이긴 한데, 동양인이 어떻게 아스날에 입단했지? 스카우터라도 잘 만났나?"

"감독님 따라서 온 건데요?"

"감독님? 아, 일본에서 왔다는?"

민혁은 고개만 끄덕였다. 몇 년 만 지나면 아스날의 상징이 되는 아르센 벵거지만, 지금의 잉글랜드에선 저 정도의 반응이 일반적일 터였다.

대충 납득한 택시 기사는 고개를 돌려 차를 출발시키고는 말을 이었다.

"조금 막혀도 이해해라."

6

FC 아스날
–
Hale end Academy

　런던의 도로 사정은 별로 좋지 않았다. 도시가 일찍 발달한 탓에 도로를 확장하기 어려웠던 게 이유일 터였다.

　런던은 산업혁명이 일어난 18세기부터 현재와 비슷한 모습을 갖추게 된 도시였고, 2차 세계대전 당시 독일의 V2 폭격을 얻어맞은 걸 제외하면 커다란 재난을 겪지도 않았던 데다 재개발의 동력도 딱히 없었다. 그러니 런던의 도로는 일부를 제외하면 산업용 마차가 다니던 시절과 그 폭이 같을 수밖에 없었고, 그것은 막대한 교통혼잡을 부르는 원인이 되었다.

　민혁은 혼잡한 도로 가운데에서 그런 생각을 떠올리며 한숨을 쉬었다. 과연 가지고 있는 돈으로 무사히 택시비를 낼 수 있을까 싶어서였다.

하필이면 출근 시간에 공항에 도착할 게 뭐란 말인가.

'이거… 잘못하면 감독님한테 손을 벌려야겠네.'

민혁은 신음을 흘렸다. 런던에 온 첫날부터 그러고 싶진 않 았다.

그때, 마찬가지로 지루함을 느끼던 택시 기사는 백미러를 힐끗 보곤 입을 열었다.

"일본인이야?"

"한국인인데요."

"한국? 거긴 또 어디야?"

"일본 옆에 있는 나라예요."

대답을 들은 택시 기사는 어깨만 으쓱했다. 사실 일본이라 는 이름만 알지 어디에 붙어 있는지도 모르는 그로서는 딱히 할 만한 대답이 없었다.

"아무튼 감독이 데려올 정도면 재능은 꽤 있는 모양이네."

"이안 라이트 정도는 하겠죠."

"뭐?"

택시 기사는 기가 차다는 표정으로 백미러를 보았다. 이미 아스날의 전설로 꼽히고 있는 이안 라이트를 가볍게 말하는 꼬마를 보자 당황스러움과 어이없음이 동시에 찾아온 탓이었 다.

민혁은 그런 표정을 읽고는 말을 이었다.

"그래도 드라간 스토이코비치한테 배우던 사람이거든요? 그럼 그 정도는 해야죠."

"응? 누구?"

"스토이코비치요."

"…진짜냐?"

"속고만 살았어요?"

택시 기사의 태도는 순식간에 바뀌었다. 비록 이안 라이트가 드라간 스토이코비치보다 못할 건 없다고 생각하던 그였지만, 그래도 스토이코비치라는 이름은 축구 팬들에게 있어 결코 가볍게 거론될 이름이 아니었다.

지금은 없는 유고 연방이지만, 90년대 초반까지만 해도 유고슬라비아 국가대표팀은 브라질에 버금가는 강팀으로 꼽혔다.

그리고 그 팀의 주장이던 스토이코비치는 발칸의 마라도나라고 불리던 천재가 아닌가.

"혹시 사진 같은 거 있냐?"

"하나 있긴 하네요."

민혁은 지갑에 넣어두었던 사진을 꺼냈다. 벵거의 배려로 스토이코비치에게 튜터링을 받을 때 모아시르가 찍어줬던 사진이었다.

"잠깐 줘봐."

택시 기사는 신호에 걸리자마자 차를 세우고 몸을 돌렸다.

민혁은 지갑에서 꺼낸 사진을 건넸다. 택시 기사는 사진을 눈에 가까이 대었다 뗴길 몇 번이나 반복하다, 믿을 수 없다는 표정으로 사진을 돌려주며 민혁에게 말했다.

"스토이코비치가 일본에 있었어?"

"몰랐어요?"

"마르세유에 있는 줄 알았는데."

"94년에 일본 갔어요. 프랑스에서 한참 떠들었을 텐데."

"개구리 놈들 이야기 따위 알 게 뭐야?"

개구리(Frog)는 프랑스인들을 비하하는 멸칭이었다.

'참, 아직 영국이랑 프랑스 사이 안 좋지?'

정확히 말하면 민혁이 회귀하던 2018년까지도 양국의 사이는 좋지 않았다. 하기야 가까이 있는 이웃 나라가 사이가 좋은 경우는 찾아보기 어려웠고, 오랜 기간 경쟁을 하기까지 했던 사이라면 사이가 좋을 가능성은 0에 수렴한다 말해도 무리가 아니었다.

물론 프랑스와 독일이라는 예외가 있긴 했지만, 그 양국도 21세기가 되기 전까진 중국과 일본 사이의 관계와 비슷했다.

"이제 믿겠어요?"

"닮은 사람 아니지?"

택시 기사는 아직도 믿기 어렵다는 표정으로 물었다. 스토이코비치가 일본에서 뛰었다는 걸 아직도 납득하기 힘든 것 같았다.

"닮은 사람이랑 왜 사진을 찍어요. 필름 아깝게."

"아니… 그래도 그 스토이코비치가 일본 같은 델 갔다고 하니까 이상해서 그러지."

그의 항변은 이상하지 않았다. 그가 아닌 누구라도 1990년 월드컵 베스트 11에 꼽혔던 선수가 변방의 리그에서 뛴다는 건 이상하게 느낄 게 분명한 일이었다.

하지만 세상엔 불가능을 가능케 하는 존재가 있었다. 돈이라는 존재였다.

"지쿠도 일본에서 뛰고 게리 리네커도 일본에서 뛰었는데 스토이코비치가 못 뛸 게 뭐예요?"

"아, 맞다. 리네커 일본에서 뛰었지? 혹시 봤냐?"

"저 있던 팀에서 뛰긴 했는데, 제가 들어가기 직전에 은퇴해서 못 봤어요."

"그래?"

택시 기사는 눈을 빛내며 입을 열었다.

"리네커 월드컵에서 진짜 쩔어줬지. 폴란드전에서 해트트릭했을 때 진짜 심장이 멎는 줄 알았다니까."

그의 이야기는 계속해서 이어졌고, 민혁은 괴로움의 늪에 빠져들었다.

세상엔 투 머치 토커가 왜 이리 많단 말인가.

'아, 제발……'

민혁은 귀를 막고 싶은 충동을 억지로 눌렀다. 만약 그랬다가는 도로 한복판에 내던져질 것 같아서였다.

다행히 괴로운 시간은 길지 않았다. 목적지에 도착한 덕분이었다.

차를 세운 기사는 종이와 펜을 건네며 말했다.

"택시비 깎아줄 테니까 사인 하나 줘."

"네?"

"네가 뉴 이안 라이트가 되면 사인을 받는 게 이득이니까. 아, 런던 와서 첫 번째 사인이라는 것도 꼭 넣어주고."

민혁은 택시 기사가 내민 종이에 사인을 해주며 물었다.

"아스날 팬이에요?"

"북런던 살면서 아스날 팬 아니면 미친놈 아니냐?"

"그거 왠지 모 군부 세력 끄나풀이 했던 말 같은데⋯⋯."

"응?"

"아⋯ 제가 살던 나라에 비슷한 말을 했던 정치인이 있어서요."

민혁은 대학에 들어가서 배운 제3공화국 시기를 떠올리며 말했다. 별로 자랑스럽다고는 말하지 못할 내용이었다.

대충 대화를 끝낸 그는 택시에서 내려 눈앞의 건물을 바라보았다.

아스날의 영광을 함께한 하이버리 스타디움이었다.

　　　　*　　　　　*　　　　　*

"오, 네가 윤이라는 애구나."

구장 관리인은 민혁을 보고는 손을 내밀었다. 인종차별이
극심하다던 런던의 첫인상치고는 나쁘지 않은 대접이었다.

"네. 아, 윤은 성(Family Name)이에요. 이름은 민혁이고요."

"민혁… 음, 발음이 좀 어려운데, 그냥 윤이라고 부르면 안
될까?"

"안 될 건 없죠."

하기야 민혁도 그 편이 편했다. 거의 2년 가까이 윤이라는
성으로 불렸기 때문이었다.

"그래, 윤. 반갑다."

"저도요."

민혁은 그가 내민 손을 잡았다. 사실 처음 만난 상황에서
반가움 따위가 느껴질 리 없지만, 회귀 전의 사회생활 경험 덕
분에 그런 티를 내지는 않을 수 있었다.

"숙소는?"

"어… 잠깐만요."

민혁은 품속을 뒤져 수첩을 꺼냈다. 벵거가 알려준 숙소의
주소를 적어놓은 페이지를 확인하기 위해서였다.

하지만 주소가 적힌 페이지는 온데간데없었다.

"어라?"

"왜?"

"잠깐만요. 이게 도대체……."

당황하던 민혁은 막 떠오른 생각에 입을 벌렸다. 일본에서 런던으로 짐을 보낼 때, 주소를 못 알아듣는 우정국 직원이 답답해 주소가 적힌 페이지를 그대로 찢어서 건네주었던 기억이 떠오른 것이다.

"망했다."

"응?"

민혁은 한숨을 내쉬고는 상황을 설명했다.

"사무실로 가야겠구나."

피식 웃어버린 관리인은 민혁을 데리고 어딘가로 향했다. 별다른 방법이 없던 민혁은 그를 따라 한참을 걸었고, 온갖 서류를 쌓아놓은 채 잡담을 나누고 있는 일련의 무리를 만나게 되었다. 아스날의 사무를 관장하는 직원들이 모여 있는 장소였다.

"딕슨! 이 애 서류 좀 찾아줘!"

"뭐?"

관리인에게 이름이 불린 남자는 눈을 깜박이다 입을 열었다.

"웬 일본인이야?"

"한국인이거든요."

민혁은 인상을 썼다. 하기야 90년대 중반이니 유럽인들이 동양인을 재패니즈라고 부르는 게 당연한 시기였지만, 그래도 듣는 한국인 입장에선 기분 좋은 소리가 나올 수 없었다.

"한국? 그건 뭔데?"

"…서울 올림픽 열린 나라요."

"아!"

딕슨은 그제야 무릎을 쳤다. 8년 전 올림픽이 열렸던 나라라면 기억에 있었다. 90년대까지만 해도 올림픽이 월드컵 이상의 국제 대회로 꼽혔던 덕분이었다.

"그래, 웬 한국인이야?"

"이번에 온 감독님이 데려온 유스야. 근데 숙소 주소를 잊어버렸다나 봐."

"감독님이?"

딕슨은 민혁을 유심히 보았다. 당시만 해도 잉글랜드의 대중과 선수들에겐 잘 알려지지 않았던 아르센 벵거였지만, 축구계에 관심이 많은 사람들은 아르센 벵거에 대해 관심을 가지고 있었다. 전년도 발롱도르 수상자인 조지 웨아 덕분이었다.

라이베리아의 축구선수였던 조지 웨아는 카메룬에서 선수생활을 이어가던 중, AS 모나코의 감독이던 아르센 벵거에 의해 유럽으로 건너왔다.

당시의 조지 웨아는 쥐꼬리만 한 연봉을 받으며 뛰던 가난한 선수였던 데다, 모나코로 이적을 감행할 당시의 그는 팔이 부러지는 부상을 입어 회복 중에 있었다. 모나코로서는 그런 선수를 영입하는 데 회의적인 반응을 보이는 게 당연한 상황이었다.

당연히 이적이 실패로 끝날 줄 알았던 조지 웨아였지만 벵거의 고집으로 인해 AS 모나코의 유니폼을 입게 되었고, 모나코에서 잠재력을 폭발시킨 그는 파리 생제르망(PSG)을 거쳐 AC 밀란으로 이적했으며, 전년도인 1995년에 비유럽인 최초로 발롱도르를 수상한 선수가 되었다.

그리고 그는 수상 소감을 통해 아르센 벵거에 대한 찬양을 이어갔다. 듣는 사람이 민망해질 정도로 노골적인 찬양이었다.

그 소감을 듣지 못한 사람이라면 모를까, 들은 사람이라면 아르센 벵거에 대해 관심을 가지지 않을 리 없었다.

딕슨은 그 찬양을 들은 사람 중 하나였다. 때문에 그는 일본이라는 변방국에 있던 아르센 벵거의 아스날 부임에 대해서도 기대를 가지고 있었고, 그가 데려왔다는 민혁에 대해서도 호의적인 생각을 품게 되었다.

"벵거 감독님이 데려왔단 말야?"

"네."

"흠……."

"왜요?"

"아니, 반갑다. 로이 딕슨이다. 딕슨이라고 부르면 돼."

"윤민혁이에요. 윤이라고 부르셔도 되고 민혁이라고 부르셔
도 돼요."

딕슨은 민혁에게 손을 내밀어 악수를 청했다. 그 후 서류를
뒤적인 그는 민혁의 숙소를 찾아 메모지에 적어 건네주었다.
그 후 간단한 설명이 이어졌는데, 런던에 처음 온 민혁으로서
는 알아들을 수 없는 내용이었다.

"그냥 그려주면 안 돼요?"

"그래? 그럼… 아니, 아니다. 내가 데려다주마."

"그래도 돼요?"

"딕슨, 일해야지."

"아니, 내가 일하기 싫어서 이러는 게 아니야. 런던 복잡한
거 몰라? 게다가 여긴 인종차별 하는 놈들이 수두룩한 북런
던이라고. 스퍼스 놈들이라도 마주치면 어떡할 거야?"

"스퍼스 놈들은 얘가 우리 유스라는 거 몰라."

딕슨의 동료는 혀를 차며 말했다. 아마도 이런 식으로 사무
실에서 탈출한 게 한두 번이 아닌 모양이었다.

"아니, 뭐… 그래도 만약이라는 게 있잖아."

"아주 작정을 했군. 그래. 마음대로 해라."

"고마워 브라이언. 내일 차 한잔 살게."

딕슨은 자리에서 일어나 민혁에게 말했다.

"자, 따라와."

*　　　*　　　*

　다행히 딕슨은 투 머치 토커가 아니었다. 처음 몇 마디를 나눌 땐 긴장했던 민혁은 숙소에 도착하자마자 쿨하게 돌아가는 딕슨의 모습에 감동까지 받았다. 그동안 워낙 많은 투 머치 토커들에게 당했던 경험의 반작용이었다.

　하지만 그 감동은 오래가지 못했다. 숙소에 들어가자마자 보게 된 박스들이 원인이었다.

　"……."

　민혁은 할 말을 잃은 채 고개를 떨궜다. 아무래도 이틀 정도는 짐 정리에 혼신의 힘을 쏟아야 할 것 같았다.

　꼭 그 이유 때문만은 아니었지만, 민혁이 유스 팀 훈련에 합류한 건 이틀이 꼬박 지나서였다.

　아스날 유소년 팀 총괄 감독은 리엄 브래디(Liam Brady)였다. 그는 아스날 유스에서 출발해 아스날 1군과 유벤투스, 그리고 인터 밀란 등을 거친 유명한 선수 출신의 감독으로, 작년까지 브라이튼 호프 알비온의 감독으로 일하다 자신의 친정 팀인 아스날 유스 팀 감독으로 보직을 변경한 상태였다.

　브래디는 유니폼을 갖춰 입고 온 민혁과, 그와 관련된 서류를 천천히 넘겨본 후 입을 열었다.

　"일본 대회에서 득점왕을 했구나?"

　"네."

"제법인데?"

그는 서류를 좀 더 훑어본 후 결정을 내렸다. 비록 벵거의 추천이 있었다고는 해도 유소년 팀을 총괄하는 건 벵거가 아닌 자신이었고, 때문에 그는 민혁이 기본적인 능력을 갖추지 못했다고 판단되면 언제든 아스날에서 내보낼 생각이었다.

하지만, 최소한 서류상으로는 아스날에서 내보낼 이유가 없었다. 비록 일본이라는 곳이 세계 축구의 변방지라지만 15세 미만의 유소년의 수준은 유럽과 크게 차이가 나지 않을 터였고, 그들을 대상으로 한 대회에서 득점왕을 기록했다면 유럽에서도 통할 가능성이 있다는 이야기였다.

브래디는 옆에 있는 코치에게 서류를 넘긴 후 공을 가져와 민혁에게 건넸다.

"자신 있는 거 아무거나 해봐라."

"다 해도 돼요?"

"다?"

"네."

브래디는 미간을 좁히며 말했다.

"시간이 그렇게 많지 않다. 하나만 해봐."

"음… 그러죠 뭐."

민혁이 고른 건 스토이코비치에게 배운 리프팅 드리블이었다. 아직 실전에서 쓰기엔 어색함이 있지만, 단순히 보여주는 것뿐이라면 이것 이상의 임팩트를 낼 수 있는 수단이 없었다.

브래디는 눈을 살짝 크게 뜨고 민혁을 보다, 드리블을 끝낸 민혁이 골대를 향해 슛을 날리고 돌아오는 걸 보고 나서 질문을 던졌다.

"그거 누구에게 배운 거지?"

"스토이코비치요."

"…누구?"

"드라간 스토이코비치요. 유고슬라비아 주장이었던."

"맙소사."

스토이코비치라는 이름은 여기서도 효과를 발휘했다. 브래디는 물론 근처에 있던 코치들조차 놀라 민혁을 바라본 것이다.

하지만 브래디가 놀란 이유는 따로 있었다.

"그 성질 더러운 놈이 순순히 기술을 가르쳤다고?"

브래디는 믿을 수 없다는 표정을 지었다.

활동하던 리그도 다르고 국가대표나 유럽 대회에서도 만난 적이 없던 사람이긴 했지만, 스토이코비치의 성격이 지랄 맞다는 건 잘 아는 브래디였다. 그와 함께 뛰거나 같은 리그에서 활동했던 지인들을 통해 수도 없이 들은 것이 스토이코비치에 대한 험담이기 때문이었다.

그런 스토이코비치가 어린 선수를 가르칠 수 있을 거라고는 상상도 못 했던 브래디는 미심쩍은 눈으로 민혁을 보았다. 하지만 민혁이 보여준 기술은 아무나 가르쳐 줄 수 없는 테크닉이었고, 때문에 브래디는 밀려오던 의심을 잠시 멈추곤 민혁에 대한 생각을 조금 더 진행했다.

고민하던 그는 5분 만에 입을 열었다.

"한 달만 더 여기서 훈련해 보자."

"네? 한 달요?"

"그래."

민혁은 의아함에 빠져들었다. 설마하니 한 달이 지나면 아스날에서 나가달라는 소리는 아닐 것 같고……

"일단 여기(Hale end Academy)에서 적응을 하고, 잉글랜드 적응에 무리가 없으면 U—16 레벨로 올라와서 나랑 같이 훈련을 하게 될 거다."

민혁은 그제야 리엄 브래디의 의도를 읽을 수 있었다. 월반 여부를 결정하는 데 걸리는 시간이 한 달이란 이야기였다.

'놀랐네.'

민혁은 조용히 가슴을 쓸어내렸다. 혹시라도 마음에 들지 않는 부분이 있어서 내보내려고 하는 건 아닐까 하는 생각이 들었던 탓이었다.

브래디는 수첩에 뭔가를 적은 후 민혁에게 물었다.

"오늘 훈련은 여기까지 하자. 내일 나올 수 있나?"

"학교 등록이 나흘 후니까 가능할 거예요."

"아, 그래. 학교 새로 등록해야 되지?"

"네."

민혁은 문득 귀찮음을 느꼈다. 꼭 학교를 가야 하나 싶었던 것이다.

그래도 오이마츠 소학교에서 협조를 해준 덕분에 중학교로 바로 넘어가게 된 게 다행이었다. 만약 조기졸업을 하지 못했다면 여기서 초등학교(Primary School)를 1년 더 다녀야 했을 테니 말이다.

'…귀찮은데 그냥 검정고시 쳐버릴까.'

고민하던 민혁은 이내 고개를 저었다. 축구에만 전념하려면 한국으로 날아가 고등학교 과정까지 끝내 버리는 게 최선이지만, 그랬다간 박순자 여사가 가만히 있지 않을 터였다.

"하아……."

"윤?"

"새로 등록할 거 생각하니까 귀찮아져서요."

"어디로 가는데?"

민혁은 또 한 번 한숨을 내쉰 후 말했다.

"타운리요."

"응?"

"타운리 그래머스쿨(Townley Grammar School)요."

타운리 그래머스쿨은 런던을 관통하는 템스강 남쪽에 자리 잡은 학교였다.

민혁이 그곳을 가기로 한 이유는 간단했는데, 그램퍼스에서 주선해 준 유학원에서 아스날에서 가장 가까운 학교라며 추천해 준 탓이었다.

브래디는 잠깐 기억을 더듬은 후 물었다.

"…거기 엄청 멀잖아? 왜 거기로 했어?"

"그래도 그래머스쿨 중에선 제일 가깝다던데요?"

"아니, 노스 런던이 더 가까워. 차로 한 40분 정도?"

민혁은 머리를 쥐어뜯었다. 나고야의 유학원이 들려준 말에 따르면, 자신이 가기로 되어 있는 타운리 그래머스쿨은 차로 1시간이 조금 넘게 걸렸다.

편도로는 20분, 왕복으로는 40분이나 차이가 나는 것이다.

"이래서 뭐든 급하게 알아보면 안 되는 건데……."

"근데 컴프리헨시브가 아니라 그래머야? 공부 꽤 잘하나 본데?"

컴프리헨시브와 그래머스쿨은 모두 중학교와 고등학교를 통합한 형태의 학교를 뜻했다. 하지만 두 학교를 구분하는 데에는 이유가 있었는데, 컴프리헨시브가 일반고라면 그래머스쿨은 특목고와 비슷한 위치를 점하고 있기 때문이었다.

일부 유명 사립학교들에 비해서는 많이 밀리는 게 사실이지만, 그래도 성적이 좋지 않으면 들어갈 수 없는 게 그래머였다.

"못하진 않죠."

민혁은 머리를 감싸 쥔 채 말했다. 하고 싶지 않을 뿐 못하는 건 아니었다.

"그래, 그럼 내일… 이 아니라, 일단 학교 등록 다 끝나면 나오는 걸로 하자. 중간에 문제 생기면 곤란하니까."

"네."

민혁은 반쯤 체념한 표정으로 대답했다. 학교 문제를 생각하자 스트레스가 갑자기 밀어닥친 탓이었다.

나흘 후.

민혁은 입학이 예정된 학교를 찾아가 등록을 마쳤다. 다행히 막 학기가 시작된 덕분에 공백 없이 새 학년을 시작할 수 있었다. 영국은 3월에 학년이 변경되는 한국과 달리 9월에 학년이 변경되었고, 10월 초인 지금은 간단한 시험만 통과하면 제 학년에 맞춰 편입이 가능한 시기였다.

그리고 민혁은 나쁘지 않은 성적으로 편입 허가를 받아내었다. 30대의 기억을 가지고 있다는 점도 분명히 작용했겠지만, 그게 아니었더라도 편입이 가능한 점수는 나왔을 터였다.

적어도 초등학교와 중학교 레벨에서는 한국의 주입식 교육을 따라갈 만한 곳이 없었으니까.

"대단한데?"

"에이, 별거 아니에요."

보호자로 따라온 딕슨은 정말 대수롭지 않게 말하는 민혁을 보고는 혀를 내둘렀다. 보통 이 나이의 아이들이라면 자랑할 걸 찾지 못해 안달을 할 텐데, 민혁은 마치 삶에 지쳐 버린 중년과 같은 태도를 보이고 있었던 것이다.

'완전 애늙은이군.'

딕슨은 고개를 젓고는 서류를 확인하는 교직원을 보았다. 최종 사인을 받아야 했기 때문이었다.

"내일부터 등교하시면 됩니다."

타운리 스쿨의 교직원은 서류에 도장을 찍어주었다. 그러곤 서류를 건네주려다, 딕슨의 인종을 확인하고는 의아함을 느끼며 입을 열었다.

"보호자신가요?"

"일단은요."

교직원은 의아하다는 표정을 감추지 않았다. 영국인임이 분명한 딕슨이 동양인으로 보이는 민혁의 보호자로 등록된 게 이상했던 모양이었다.

"입양?"

"아닌데요."

"그럼 뭐죠?"

교직원의 표정은 좋지 않았다. 자칫 잘못하면 경찰까지 부를 듯한 모습이라, 딕슨은 재빨리 변명하듯 입을 열었다.

"구단 관계잡니다. 얘가 이번에 데려온 유스거든요."

"어디죠?"

"아스날인데요."

교직원의 표정은 조금 전과 다른 의미로 나빠졌다. 밀월 팬인 그로서는 아스날 유스가 반가울 리 없었다. 비록 밀월과 아스날이 라이벌 관계인 건 아니지만, 그래도 인접 지역에 있는 명문 구단에서 이렇게까지 신경을 쓸 만한 유소년 선수를 빼앗겼다는 생각이 들었기 때문이었다.

'아, 빼앗긴 건 아닌가?'

그는 잠깐 든 생각을 지워 버렸다. 영국인이라면 빼앗겼다고 말해도 무방하겠지만, 동양인이라면 아마도 해외에서 스카우트를 해 왔을 터였다. 그렇다면 처음부터 밀월과는 인연이 아니었단 뜻이다.

교직원은 들고 있던 서류를 봉투에 담아 넘겨주었다.

"받으세요."

"감사합니다."

딕슨은 가슴을 쓸어내리며 민혁에게 말했다.

"가능하면 에이전트 빨리 구해라. 그래야 이런 거 대신해 주지."

"적어도 16세 팀에는 올라가야 가능하지 않을까요."

"어차피 다음 달에 올라가잖아."

"그건 봐야 알죠."

민혁은 부정적인 반응을 보였다. 자신의 실력에는 의심이 없지만, 대부분의 일은 예정대로 돌아가지 않는 법임을 잘 알기 때문이었다.

회귀 전 IRC 소프트에서 진저리 나도록 겪었던 것이 일정 변경과 컨펌 불가 사인이 아니었던가.

"이제 돌아갈 거지?"

"학교 좀 둘러보고요."

"그래? 난 지금 가봐야 되는데."

"먼저 가서도 돼요. 지하철은 이미 알아봤으니까."

딕슨은 잠시 머뭇거렸다. 이 어린애를 그냥 두고 가도 되나 싶어 하는 표정이었다.

"괜찮으니까 가봐요. 영어도 잘하는데 뭐가 문제예요?"

"…그래. 그럼 먼저 가보마."

딕슨은 주차장으로 떠났다. 남은 업무가 만만치 않은 그였다.

혼자 남은 민혁은 한숨을 푹푹 쉬며 학교를 천천히 둘러보았다. 매일 한 시간이나 걸려 이곳까지 와야 한다는 생각이 들자, 이 학교가 가장 가깝다며 사기를 쳤던 나고야 유학원을 찾아가 원장의 목을 조르고 싶은 심정이었다.

그러던 민혁은 한숨을 그치고 눈을 빛냈다. 길 건너편에서 축구를 하고 있는 아이들을 발견한 것이다.

'정식 경기는 아닌 것 같고…….'

민혁은 그쪽을 유심히 보았다. 육상트랙 안쪽에 깔린 잔디밭에서 10 대 11로 경기가 진행되고 있었다. 게다가 골대도 핸드볼 경기에서나 사용될 법한 작은 이동식 골대라, 민혁은 그것이 정식 경기일 가능성은 없다는 판단을 내렸다.

그렇다면 자신이 끼어들 수 있을지도 몰랐다.

"어디, 본고장 축구 실력 좀 볼까?"

＊　　　　＊　　　　＊

민혁은 가볍게 공을 밀어 넣어 골망을 흔들었다. 크기가 작은 핸드볼 골대지만 민혁에겐 별다른 문제가 되지 않았다.

드리블의 수준이 함께 플레이를 하는 아이들보다 월등히 뛰어난 데다, 그들과 달리 다양한 킥을 구사할 수도 있었기 때문이었다.

"사기다."

골을 먹은 상대 팀 키퍼는 그렇게 말하며 고개를 저었다. 눈뜨고 골을 도둑맞은 느낌이었다.

"쟤 동양인 맞지?"

"무슨 동양인이 저렇게 잘해?"

상대 팀은 물론, 민혁과 한 팀을 이루고 있던 아이들도 당황하고 있었다.

그저 숫자를 맞추기 위해 넣어준 동양인이 경기를 완전히 지배하고 있는 게 아닌가.

"혹시 유스야?"

"응?"

민혁은 대수롭지 않다는 투로 답했다. 유스 레벨에서 뛰는 선수는 제법 많았고, 때문에 딱히 잘난 척으로 받아들여지거나 하지는 않을 것 같았다.

"어, 맞아."

"어딘데? 밀월? 찰튼?"

"아스날."

"아스날? 거기 멀잖아."

어느새 민혁의 주변에 몰려든 아이들은 이것저것 질문을 던졌다. 제일 처음 나온 질문은 왜 아스날이냐는 내용이었고, 그다음으로 나온 질문은 동양인이 어떻게 아스날 유스가 되었느냐는 내용이었다.

민혁은 대충 얼버무리는 식으로 질문에 답을 주었다. 이것저것 다 말하는 것도 귀찮은 일인 데다, 이야기를 하다 보면 질문이 점점 불어날 듯한 느낌이었다.

그 때문인지 아이들은 금방 흥미를 잃었다.

"자, 자. 다시 하자. 2 대 1이지?"

"2 대 2 아냐?"

"맞아. 쟤가 아까 넣었잖아."

떠들던 아이들은 이내 결론을 내고는 시합을 재개했다. 조금 전과 달라진 점이 있다면 민혁을 향한 견제가 늘어난 것 정도였지만, 민혁은 라 크로케타와 플립플랩 등의 개인기를 적절히 활용해 압박을 벗겨내며 패스 위주의 플레이를 이어나갔다.

골을 넣으려면 얼마든지 넣을 수는 있으나, 그랬다간 상대 팀 아이들에게 안 좋은 감정을 갖게 할 가능성이 있기 때문이었다.

20분 정도 이어지던 경기는 종이 울리는 소리와 함께 끝을 맺었다.

최종 스코어는 8 대 5. 물론 민혁이 있는 팀이 8점이었다.

"야, 야. 늦겠다. 뛰어!"

"넌 안 가?"

"오늘은 등록만 하러 온 거라서. 수업은 내일부터 들어."

민혁에게 질문을 던졌던 아이는 내일 보자는 말을 남기고 교실로 뛰었다.

"아, 슬슬 돌아갈까."

민혁은 시계를 힐끗 보았다. 숙소로 돌아가면 2시 30분쯤 될 테고, 그럼 오늘 훈련장에 가도 늦지 않을 것 같았다. 아스날에서는 내일부터 훈련에 합류하라는 이야기를 했지만, 하루 정도 먼저 합류하겠다고 해도 거부하지는 않을 터였다.

시간 계산을 하던 민혁은 자신을 유심히 보는 남자를 발견하곤 고개를 갸웃했다. 어쩐지 어디서 본 것 같은 얼굴이었다.

"어디서 봤지?"

런던에 온 지 나흘밖에 안 된 자신에게 익숙한 얼굴이 있을 리 없었다. 회귀 전 TV로 자주 보던 스포츠 스타라면 모르겠지만, 눈앞에 있는 남자는 그들과는 아무런 상관도 없는 게 분명했다.

자신이 축구를 제대로 챙겨 보기 시작한 건 2002 월드컵이 끝나고도 몇 년이나 지난 후의 일이니, 그때 TV로 보았던 스타들 대부분 아직 유스 레벨에 머물러 있을 터이기 때문이었다.

고민하던 민혁은 이내 답을 찾아내었다. 약 한 시간 전 만났던 교직원이었다.

"아!"

민혁은 두 손을 가볍게 마주쳤다. 그 모습에서 자신을 기억해 냈음을 눈치챈 교직원은 민혁에게 다가와 입을 열었다. 이상한 사람 취급은 받지 않으리란 확신을 얻은 것이다.

"윤이라고 했던가?"

"네."

"축구 잘하네."

"어… 고마워요."

민혁은 예의상 감사를 표했다. 그래도 학교 교직원인데 무시하기는 좀 그랬다. 언제 도움을 받게 될지 모르는 일이니 말이다.

표정이 조금 밝아진 교직원은 진지한 표정으로 입을 열었다.

"혹시 밀월에 들어갈 생각 없니?"

"……"

＊　　　＊　　　＊

민혁은 지친 표정으로 훈련장을 보았다. 아직도 밀월에 추천서를 써줄 테니 테스트를 보러 가라는 말이 귓가를 맴도는 느낌이었다.

"아, 지친다."

민혁은 가볍게 고개를 저었다. 어째 한동안 똑같은 방식으로 시달릴 것 같다는 예감도 들었다. 아무래도 등교 시간을 적절히 조절해서 그 교직원을 피해 다니는 게 좋을 것 같은 느낌이었다.

그러던 민혁은 한차례 숨을 내쉬어 스스로를 진정시키고는 훈련장 문을 열고 안으로 향했다.

"누구야?"

"동양인?"

"일본인인가?"

"중국인 아냐?"

아스날 아카데미의 선수들은 민혁을 발견하고 수군거렸다.

나흘 전 왔을 땐 총괄 감독인 리엄 브래디와의 면담을 마치고 바로 돌아갔기에, 아카데미의 선수들과 만나는 건 이번이 처음이었다.

다행히 그곳에 있던 코치는 민혁을 기억해 냈다.

"이름이… 윤이던가?"

"네."

"내일부터 오는 거 아니었어?"

"오늘부터 시작하면 안 되는 거예요?"

"어……."

코치는 잠시 머리를 긁었다. 하필이면 브래디가 없는 날이라 결정권자를 따지기가 애매한 때였다.

코치는 주변을 잠시 둘러보더니 어깨를 으쓱했다. 어차피 입단이 결정된 선수인데 훈련이 하루 빠른 게 문제가 되지는 않을 거라 판단한 모양이었다.

"좋아, 저쪽으로 가서 서."

"네."

"아, 난 스티브 월레스다. 스티브나 월레스라고 불러."

민혁은 고개를 끄덕인 후 월레스가 가리킨 곳으로 들어갔다. 아카데미 선수들이 나란히 서 있는 라인 밖의 공터였다.

민혁이 그곳에 서자, 레게 머리를 한 흑인 소년이 입을 열었다.

"코치님. 얘 뭐예요?"

"이번에 들어온 유학생이다. 일본인이고……."

"한국인이거든요."

민혁은 미간을 좁히며 말했다. 아무리 90년대 중반이라지만 동양인은 죄다 일본인 취급을 하는 게 마음에 들지 않았다.

"한국? 일본에서 왔다고 하지 않았어?"

"일본에서 왔지만 한국인이에요. 서류에도 한국인으로 되어 있을 텐데요."

"아, 그래?"

월레스는 옆에 내려놓았던 파일을 집어 들고 안을 보았다. 그러자 당연하다는 듯이 적힌 'Korea'라는 단어가 시야에 들어왔다.

"한국… 여기가 어디야?"

"일본에서 바다 하나 건너편 있어요."

"태평양? 섬나라야?"

"…중국이랑 일본 사이에 있어요. 반도 국가고요."

민혁은 탄식했다. 아직은 한국에 대한 인식이 아프리카 소국(小國)과 마찬가지라는 느낌이었다.

하지만 그건 민혁이 어떻게 할 수 없는 부분이었고, 적어도 2002년 한일 월드컵이 열리기 전까지는 대충 이런 상황이 몇 번이고 계속 일어날 터였다.

90년대 중반인 지금도 한국이 선진국 문턱에 들어선 나라긴 했지만, 그래도 인지도가 별로 없는 국가라는 건 도저히 부정할 수 없었다. 적어도 2000년대 중반은 되어야 한류 및 반도체 산업의 강자라는 인식이 새겨지기 때문이었다.

'하긴. 지금은 인터넷도 없으니까.'

민혁은 한숨을 작게 쉬었다. 인터넷이 본격적으로 보급이 되는 2000년대 초반은 되어야 이런 일이 없어질 거라는 느낌이었다.

월레스는 민혁을 힐끗 보고는 설명을 끝냈다. 한국인이고 일본에서 온 유학생이라는 점을 빼고 나니 딱히 더 설명할 내용도 없었다.

방금 본 서류엔 일본에서 열린 대회 득점왕을 기록했다는 내용도 있긴 했지만, 실력적인 부분은 눈으로 확인하지 않은 이상 함부로 말할 수 없었다.

괜한 기대나 견제가 생기게 해서는 곤란하니 말이다.

"자, 그럼 대충 소개는 끝났으니 훈련을 진행하자. 어디까지 했지?"

"방금 스트레칭 끝냈잖아요."

"아, 그랬지."

월레스는 두어 번 손뼉을 친 후 훈련을 진행했다. 여러 가지 종류의 패스를 간단히 주고받는 훈련이었다.

몇 차례의 패스 전달이 끝난 후, 월레스는 1m 간격으로 나열된 폴대를 가리키며 드리블 훈련의 시작을 알렸다. 20개의 폴대를 지그재그로 통과한 후 돌아오는 기본적인 드리블 훈련이었다.

민혁은 공을 잡고 달리는 선수들을 유심히 보았다. 과연 아스날 유소년들의 기본기는 어느 정도 수준일까 싶은 마음도 있었다.

'아스날 유스도 별거 없네.'

민혁은 내심 마음을 놓았다. 피지컬이 좀 좋다는 걸 제외하면 일본에 있던 아이들보다 딱히 나을 게 없었다. 모리사카나 강영훈, 혹은 하라구치 정도라면 이들 사이에서도 주전을 차지할 수 있을 듯한 느낌이었다.

물론 아직은 아카데미 단계라는 점을 잊지는 말아야겠지만, 그래도 이들 중 상당수가 다음 단계로 올라갈 것만은 분명했다. 'Hale end Academy'는 아스날에 소속된 유스 아카데미 중에서도 가장 핵심적인 곳이니 말이다.

"좋아, 나쁘지 않았어."

월레스는 막 드리블을 끝낸 선수를 칭찬하며 공을 받았다. 민혁이 보기엔 그저 그런 수준의 드리블이었지만, 월레스의 기준엔 합격점을 넘었던 모양이었다.

그는 다음 차례인 민혁에게 공을 넘기고 입을 열었다.

"방금 봤지? 똑같이 하면 돼."

"네, 네."

민혁은 성의 없이 대답하곤 드리블을 시작했다. 대답과 달리 의욕과 열의가 넘치는 드리블이었다.

스톱워치로 시간을 재던 월레스는 당혹감을 느꼈다. 다른 아이들과 비교했을 때 절반 남짓한 시간 만에 들어온 민혁 때문이었다.

민혁이 유독 빨리 달린 건 아니었다. 사실 민혁의 속도는 동년배와 비교했을 때 별다른 우위를 갖지 않았다. 그래도 제법 빠르다는 소리는 들을 수 있는 수준이긴 했지만, 선수를 목표로 한 아이들 사이에서는 중상위권에 머무르는 정도에 불과했다.

그럼에도 민혁의 기록이 좋게 나온 건, 드리블이 완벽에 가까운 정교함을 보였던 덕이었다.

다시 말해 쓸데없이 낭비하는 시간이 없다는 이야기였다.

"다시 한번 해볼래?"

"…그러죠."

민혁은 어깨를 으쓱해 보인 후 다시 드리블을 선보였다. 약 1m 간격으로 놓인 20개의 폴대 사이를 지그재그로 지나갔다 돌아오는 기초적인 드리블 훈련이었는데, 미스가 없던 민혁은 조금 전과 마찬가지로 남들보다 빨리 드리블을 끝내고 라인을 넘었다. 평균보다 1.7초나 빠른 스피드였다.

"넌 이 훈련 할 필요 없겠다."

월레스는 혀를 내둘렀다. 이미 완성형에 가까운 드리블이었다. 자신이 하더라도 저렇게 할 수 있을까 의심이 될 정도로 정교한 드리블이라, 이런 훈련을 계속 시키는 건 시간 낭비에 불과할 거라는 느낌마저 들었다.

그래도 간간이 체크는 해야겠지만.

"저쪽으로 가서 자유 훈련 하고 있어."

"네."

"좋아. 그리고 다음……."

민혁의 뒤에 있던 아이를 보던 월레스는 막 안으로 들어온 아이를 발견하곤 짜증스레 말했다.

"제롬… 연습에 늦지 말라고 몇 번 말했지?"

"학교에서 안 보내주는데 어쩌라고요."

"그러니까 숙제는 제때 해 가야 할 거 아냐."

"재미없는 걸 어떡해요?"

제롬이라 불린 아이는 오른손을 휘휘 저었다. 말하는 것도 짜증 나니 그만 이야기하자는 의미가 담겨 있는 제스처였다.

"훈련 어떤 것부터 하면 돼요?"

"줄 마지막에 서."

제롬은 가방을 던져놓고 자리로 향했다.

그의 차례는 금세 돌아왔다. 그리고 그는 민혁과 엇비슷한 수준의 드리블을 선보인 후 자리로 돌아왔다. 조금 전까지만 해도 아스날 유스들도 별것 없다 생각하던 민혁의 판단을 바꿔놓는 모습이었다.

민혁은 옆에 있던 아이를 돌아보며 물었다.

"누구야?"

*   *   *

"제롬?"

"성(Family Name)은?"

"토마스야. 제롬 토마스."

"고마워."

민혁은 대답을 듣고 고개를 돌렸다. 그러자마자 희미한 기억이 머리를 스쳤다. 분명 들어본 것 같은 이름이란 생각이 들었던 것이다.

'어디서 들었지?'

민혁은 기억을 더듬어보았다. 기억이 명확히 나지 않는 걸 보면 아주 뛰어난 선수는 아닌 것 같았지만, 그래도 어디선가 들어본 듯한 느낌이 난다는 것만으로도 높은 평가를 내릴 수 있었다.

어쨌거나 민혁이 어렴풋이라도 기억할 만한 커리어를, 그러니까 EPL에 소속된 팀의 1군으로 뛰었던 경험을 가지게 된다는 뜻이기 때문이었다.

한참을 고민하던 민혁은 구석에 처박혀 있던 기억을 꺼내 먼지를 털었다.

제롬 토마스. 찰튼 애슬래틱과 웨스트 브롬위치 알비온의 에이스로 꼽혔던 선수였다.

"아스날 유스였구나."

"응?"

"아, 혼잣말이야. 신경 쓰지 마."

민혁은 손을 저었다. 하지만 이상한 시선이 떨어지지 않자, 민혁은 아직 영어가 익숙지 않아 종종 한국어가 나오곤 한다는 변명을 시도해 보았다. 이런 일이 있을 때마다 변명을 꺼내고 싶지 않았기 때문이었다.

다행히 그 변명은 잘 먹혀들었다. 겉보기에도 차이가 심한 동양인이라는 점도 한몫을 한 모양이었다.

"근데 제법 잘하네."

"쟤 곧 월반해."

"그래?"

"루튼에서 올 때부터 이미 정해져 있었다나 봐."

민혁과 이야기를 나누던 흑인 소년은 제롬 토마스에 대한 내용을 조금 더 들려주었다. 올해 초 루튼 타운에서 옮겨 왔으며, 16세 이하 팀으로의 월반이 정해진 상태라는 이야기였다.

그럼에도 아직 아카데미에 남아 있는 이유는 복잡하지 않았다. 아카데미 레벨에 있을 만한 선수는 아니지만 16세 이하 팀에서 확실히 주전을 차지하기는 또 애매한 능력이라, 상위 팀의 주전이 다음 레벨로 올라갈 때까진 아카데미 레벨에서 출전 경험을 쌓게 하겠다는 의도였다.

민혁이 대화를 나누고 있을 때, 드리블을 끝내고 돌아온 제롬은 민혁을 발견하고는 고개를 갸웃하며 입을 열었다.

"얜 처음 보는데?"

"오늘부터 훈련에 합류한 윤이다. 다음 달에 너하고 같이 16세 팀에 합류할 예정이야."

"그래요? 포지션은?"

"일단 미드필더 쪽을 생각하고는 있는데……."

월레스는 민혁을 힐끗 보았다. 미드필더가 맞느냐는 질문이 담긴 시선이었다.

민혁은 어깨를 으쓱하며 입을 열었다.

"1선부터 3선까진 다 뛸 수 있어요."

"너 일본에서는 주로 미드필더로 뛰었다며?"

"대회에선 주로 레프트윙이었어요. 득점왕도 그 포지션에서 기록한 거고."

"…어디?"

제롬 토마스의 표정은 급격히 굳었다. 미드필더라면 딱히 상관없지만, 레프트윙이라면 자신과 포지션이 겹쳤다.

거기다 득점왕 출신…….

비록 일본에서의 일이라지만, 달갑게 생각할 수는 없는 내용이었다.

"1선부터 3선까지는 다 뛸 수 있어. 제일 선호하는 건 1.5선이지만."

"공격형미드필더?"

민혁은 고개를 끄덕였고, 그곳에 있는 모두는 이상할 게 없다는 반응을 보였다.

90년대는 공격형미드필더들의 시대였다. 전성기를 유지하고 있던 마라도나를 비롯해 수많은 공격형미드필더들이 축구계를 지배하고 있는 시대였는데, 바르셀로나에서 레알 마드리드로 이적한 미카엘 라우드럽과 유벤투스로 이적한 지네딘 지단, 그리고 아르헨티나의 후안 세바스티안 베론과 아직 십대에 불과한데도 AS 로마의 붙박이 주전이 된 프란체스코 토티 등이 대표적인 사례였다.

그런 경향은 잉글랜드에서도 드러나고 있었다. 당장 올해 유로 4강의 주역이자 팀의 에이스로 꼽힌 사람이 공격형미드필더인 폴 개스코인이라는 점만 봐도 알 수 있는 사실이었다.

"경쟁자 많을 텐데."

"그렇겠지."

민혁은 대수롭지 않다는 반응을 보였다.

공격형미드필더는 어느 시대를 막론하고 인기가 많은 포지션이었다. 압박이 강해지던 2010년대 초반이 지나면서 공격형미드필더 무용론이 잠깐 등장하긴 했지만, 그럼에도 공격형미드필더에 대한 로망은 남아 있었다. 스트라이커와 미드필더의 장점을 모두 갖춘 선수에 대한 열망이 그만큼 강하다는 이야기였다.

"윙은 내 거다."

제롬 토마스는 민혁을 똑바로 보며 말했다. 일본에서 득점왕을 했건 뭘 했건 간에 포지션은 양보할 수 없다는 표정이었다.

민혁은 피식 웃으며 고개를 돌렸다. 도발이라고 보일 수도 있음은 알지만, 순순히 양보를 할 생각은 없었다.

제롬은 미간을 찌푸린 채 입을 열려다 코치의 시선을 느끼곤 고개를 저었다. 훈련 시간에 괜한 분쟁을 만들지 말라는 뜻임을 이해했기 때문이었다.

그는 짜증 섞인 표정으로 자리를 떴다. 훈련장에 늦게 도착한 탓에 실력을 보지는 못했지만 어느 정도 짐작은 할 수 있었다. 이상할 정도로 호의적인 코치의 시선도 시선이지만, 자신과 마찬가지로 월반이 예정되어 있다는 말은 직접적으로 경쟁을 할 상대라는 이야기였다.

민혁은 웃으며 고개를 저었다. 쉬운 상대는 아닐 것 같지만 그렇다고 져줄 생각도 없었다.

"괜찮아?"

"응?"

"쟤한테 찍히면 피곤할 텐데."

방금 전까지 이야기를 나누던 소년은 걱정스럽다는 표정을 짓고 있었다. 겉보기와는 달리 성격이 좋은 것 같았다.

"아, 너 이름이 뭐야?"

"저스틴 레이먼드 호이트. 저스틴이라고 불러. 넌?"

"윤민혁이야. 윤이든 민혁이든 편한 대로 불러도 돼."

대수롭지 않게 말하던 민혁은 순간 흠칫했다.

'잠깐, 얘도 어디서 들어본 것 같은데.'

민혁은 기억을 더듬었다. 하지만 유명한 선수는 아니었는지 제대로 기억은 나지 않았다.

저스틴 레이먼드 호이트. 보통 저스틴 호이트라고 불린 그는 아스날 1군에 입성하게 되는 수비수였다. 2007년에 아스날에 입단하는 바카리 사냐와의 경쟁에서 밀려 미들즈브러로 이적하게 되는 선수긴 했지만, 그래도 그 어렵다는 아스날 1군 진입을 이뤄낼 정도로 능력이 있다는 이야기였다.

물론 아직은 일어나지 않은 일이지만, 특별한 일이 없는 한 그대로 진행될 터였다.

비록 그 내용을 기억해 내지는 못한 민혁이지만, 어쨌거나 들어본 듯한 이름이라면 친해져서 나쁠 건 없었다.

"윤?"

"그래. 그게 발음이 편하지……."

민혁은 어깨를 으쓱했다. 일본에서나 여기서나 윤으로 불리게 될 모양이었다.

하기야 이쪽은 일본과 다른 이유로 성으로 부르는 게 일반화되어 있으니, 굳이 이름으로 불려야 할 이유도 없었다.

"아무튼 반갑다."

"어? 어. 나도."

저스틴은 민혁이 내민 손을 잡았다. 수비 쪽 포지션이라서인지 민혁을 경계하는 느낌은 보이지 않았다.

그로부터 얼마 후.

민혁은 제롬 토마스, 그리고 저스틴 호이트와 함께 코치의 소환을 받았다.

＊　　　　＊　　　　＊

코치에게 소환된 그들은 내일 훈련은 시간을 바꿔서 오라
는 지시를 받았다. 16세 이하 팀이 훈련하는 시간이었다.

"테스트네."

"네?"

숙소로 가는 길에 우연히 만난 딕슨은 민혁의 의문을 풀어
주었다.

"가끔 있어. 정식으로 합류하는 건 아니고, 한 레벨 위에서
훈련하면서 적응시키는 거지."

딕슨은 잘된 일이라 말하며 파이를 하나 건네주고는 떠났
다. 일이 넘쳐나는 모양이었다.

그다음 날, 민혁은 16세 이하 팀 훈련에 합류했다.

16세 이하 팀엔 이름이 확실히 기억나는 선수도 있었다. 이
후 스완지 시티의 주장이 되는 레온 브리튼이었다.

'아스날 유스였네.'

민혁은 유심히 그를 보았다. 자신이 기억하는 레온 브리튼
이 맞다면, 아스날 16세 이하 유소년 팀에선 자신의 가장 큰
경쟁자가 될 거란 생각이 들었기 때문이었다.

레온 브리튼은 성인 시절과 별로 다르지 않은 플레이 스타

일을 가지고 있었다. 회귀 전 TV에서 보던 것보다 투박하고 패스가 부정확하다는 느낌은 있었으나, 그건 아직 유스 레벨에 머무르고 있기 때문일 터였다.

그 점을 염두에 두고 생각한다면, 경험을 좀 더 쌓게 되면 TV에서 보던 바로 그 레온 브리튼이 될 게 분명한 플레이였다.

'경쟁 쉽지 않겠네.'

민혁은 입을 삐죽였다. 그나마 그가 괴물 같은 신체 능력을 가진 건 아니라는 게 위안이었다.

하지만 아스날 16세 이하 팀의 에이스는 브리튼이 아니었다.

"제이! 좀 더 빨리!"

16세 팀의 코치 필 버트는 9번을 달고 있는 선수에게 손짓을 보냈다. 아스날 16세 이하 팀의 주전 공격수인 제이 보스로이드였다.

제이 보스로이드는 아스날에서 미래의 핵심으로 생각하고 있는 유망주였다. 훗날 유스 팀 코치인 돈 호우와의 불화로 인해 코벤트리 시티로 팔려 가는 바람에 아스날에서 데뷔하진 못한 선수지만 그때의 이적료만도 무려 백만 파운드였다. 1군 출전 경험도 없는 유소년 선수에게 매겨지기엔 상당한 액수였다.

그런 미래를 예견하기라도 하듯, 보스로이드는 놀랄 만한 골을 성공시킨 후 상대 팀을 향해 가운데 손가락을 들어 올렸다. 같은 팀에게 사용하긴 부적절한 제스처였다.

"인성은 별로인데… 폼은 장난 아니네."

민혁은 연습경기에서 골을 넣은 그를 보며 감탄을 터뜨렸다.

이제 겨우 15살에 불과한데도 170㎝를 훌쩍 넘기는 키. 그리고 아스날 유스 전체에서도 손에 꼽히는 빠른 속도는 민혁에게 깊은 인상을 남겼다. 저런 선수가 역습에 나선다면 상대팀으로서는 긴장이 되지 않을 리 없을 터였다.

레온 브리튼과 제이 보스로이드의 콤비플레이는 민혁이 보기에도 대단해 보였다. 한 경기에 서너 골 정도는 어렵지 않게 넣을 듯한 느낌이었다.

하지만 그 외엔 별로 눈에 띄는 선수가 없었다. 그래도 본격적으로 선수의 길로 들어서는 16세 이하 팀의 일원들이라 다들 기본 이상의 실력은 가지고 있지만, 민혁에게 압박감을 줄 수 있는 선수는 앞서 말한 두 명이 전부였다.

"잠깐. 여기 애슐리 콜도 있어야 하는 거 아닌가?"

민혁은 의문을 품었다. 90년대 아스날 유스 시스템이 키워낸 최고의 작품인 애슐리 콜이 보이지 않는 게 납득이 되지 않았다.

민혁은 조금 더 주변을 둘러보았다. 혹시 자신이 못 보고 넘어간 건 아닌가 싶어서였다.

하지만 애슐리 콜은 보이지 않았고, 의아해진 민혁은 코치를 찾아가 물었다.

"애슐리?"

"네."

"일본에서 방금 온 애가 걔를 어떻게 알아?"

"영국 온 지 한 달이나 지났으면 들을 법도 하죠."

"하긴."

필 버트는 민혁의 변명에 수긍했다. 애슐리 콜은 아스날 유스들 사이에선 나름 유명인이라 모르는 게 오히려 이상할지도 모른다는 생각도 들었다.

"걔 이번 달에 18세 이하 팀으로 올라갔어."

"그래요?"

"애슐리 정도면 그럴 만하지. 청소년 대표에 안 뽑힌 게 이상할 정도니까."

"어? 안 뽑혔어요?"

민혁은 놀랐다. 한때 세계 최고의 풀백으로 꼽혔던… 물론 아직은 미래의 일이지만, 틀림없이 그렇게 될 게 분명한 애슐리 콜이 잉글랜드 청소년 대표에도 뽑힌 적이 없다는 사실은 민혁을 놀라게 하고 있었다.

"아직 뽑힌 적 없어. 청소년대표팀 감독이란 놈들이 다들 눈이 삔 거지."

필 버트는 고개를 저었다. 아무리 생각해도 애슐리 콜이 대표 팀에 뽑히지 않는 건 말도 안 됐다.

지금 속한 팀이 아스날이고 1군 풀백이 나이젤 윈터번이라 프리미어 경기에 뛰지 못할 뿐, 다른 팀이었다면 벌써 1군 경기에 두어 번은 나섰을 거라고 장담할 수 있는 선수가 애슐리 콜이었으니까.

"뭐, 1군 경험이 없으니까 그럴 수도 있겠죠. 하부 리그에서 1군으로 뛰는 선수들이 더 믿음직할 수도 있잖아요."

"우리 1군이 윈터번만 아니면 벌써 뛰었을걸."

"…나이젤 윈터번요?"

"응."

대답을 들은 민혁은 어색한 표정을 지었다. 911 테러를 일으킨 오사마 빈 라덴이 그의 팬이었단 기억이 떠오른 탓이었다.

*　　　*　　　*

'하긴, 그게 윈터번 잘못은 아니지.'

민혁은 어색함을 지워 버렸다. 나이젤 윈터번이 오사마 빈 라덴에게 테러리스트가 되라고 부추긴 게 아닌 이상에야 그에게 책임을 물을 수는 없는 일이다.

그러던 민혁은 문득 떠오른 생각을 말했다.

"혹시 911도 막을 수 있으려나."

"응?"

"아, 혼잣말이에요, 혼잣말."

민혁은 손사래를 쳤다. 한국어로 꺼내서 다행이었다.

'혹시 윈터번 만나면 이야기는 한번 하라고 해봐야겠다.'

물론 말 한마디로 미래를 바꿀 가능성은 높지 않았다. 하지만 아무것도 하지 않고 그냥 넘기는 것보다는 찝찝함이 덜할 터였다. 게다가 단 1퍼센트라도 미래를 바꿀 가능성이 있다면 시도해 보지 않을 이유도 없었다.

　나이젤 윈터번을 만나면 꼭 이야기를 해보겠다고 결정한 민혁은 자신을 이상하다는 시선으로 보는 필 버트를 향해 웃으며 화제를 돌렸다.

　"근데 윈터번 지금 몇 살이에요?"

　"아마 서른둘이지? 곧 셋이 되지만."

　"슬슬 은퇴를 생각할 때네요."

　"윈터번 만나면 그런 말 하지 마라."

　필 버트는 민혁에게 주의를 주었다. 모든 사람이 마찬가지겠지만, 은퇴할 나이가 된 선수 앞에서 그런 말을 하는 건 금기 중의 금기였다.

　고개를 끄덕인 민혁은 이야기를 조금 바꿨다.

　"대체자는 구한대요?"

　"글쎄… 윈터번이 2~3년 더 뛰다가 은퇴하면 애슐리가 그 자리를 차지하지 않을까? 대충 나이도 맞고."

　애슐리 콜은 1980년 12월생이었다. 필 버트의 말대로 2년에서 3년 후엔 팀의 주전이 되기에 충분한 나이였고, 실제로도 그즈음에 아스날 1군으로 올라가기도 했다.

　굳이 다른 점을 찾자면, 윈터번의 대체자가 아니라 그 후임의 대체자가 된다는 것 정도였다.

'시우비뉴가 한 2년 해먹던가?'

민혁은 깊은 곳에 처박힌 기억을 꺼내 먼지를 털었다. 브라질 출신 풀백인 시우비뉴가 원터번의 뒤를 이어 아스날의 레프트백을 맡았다는 내용을 인터넷에서 보았던 기억이 있었다.

시우비뉴는 아스날에 입단한 최초의 브라질인이었다. 1999년 여름에 입단해 2001년에 아스날을 떠난 선수였는데, 애슐리 콜에게 밀려 아스날을 떠났지만 이후 얻은 커리어는 애슐리 콜보다 훨씬 더 뛰어났다.

셀타 비고를 거쳐 바르셀로나에 입단해, 3번의 리그 우승과 2번의 챔피언스리그 우승을 경험했으니까.

'시우비뉴 오려면 아직 1년 반은 남았네.'

회귀 전의 일을 떠올려 본 민혁은 대충 고개를 끄덕였다. 그걸 입 밖으로 낼 수는 없으니 코치의 의견에 동의하는 모양새를 취해야 했다.

대화는 금세 끝을 맺었고, 필 버트는 민혁에게 자리로 갈 것을 지시하고는 다른 곳으로 향했다.

그가 떠난 후, 조금 전의 대화를 곱씹은 민혁은 복잡한 표정으로 중얼거렸다.

"그러고 보니… 애슐리 콜은 2006년에 첼시로 튈 텐데."

약 10년 후의 미래를 떠올린 그는 미묘한 느낌에 콧등을 긁었다. 애슐리 콜은 10만 파운드의 주급을 요구하다 결국 첼시로 튀어버려, 캐슐리 콜이라는 별명을 얻게 된다는 사실이 떠올랐기 때문이었다.

그렇게 애슐리 콜이 튄 이후, 아스날의 왼쪽 풀백은 AS 칸에서 이적해 콜의 백업으로 뛰던 가엘 클리시가 맡게 될 터였다.

민혁은 머릿속에 떠오른 생각을 조금씩 정리해 보았다. 가엘 클리시 대신 마르셀루를 데려오면 어떨까 싶어서였다.

마침 마르셀루가 레알로 이적하는 시기가 2005년이었고 이적료도 그렇게 많지 않았다. 애슐리 콜이 첼시로 튀어버릴 거라는 점만 벵거가 미리 알게 한다면 마르셀루를 영입할 가능성도 없지는 않았다.

하지만 문제가 있다면… 당시의 아스날에게는 마르셀루의 이적료 600만 파운드도 감당하기 힘든 액수일 거라는 부분이었다.

아마 벵거도 그런 이유로 백업이던 클리시를 주전으로 올려 기용했을 터.

그런 상황에서 마르셀루의 영입을 추천해 봐야 좋은 소리는 듣지 못할 것 같았다.

"좀 더 빨리 영입하면 되는… 게 아니네."

답을 찾아냈다고 생각했던 민혁은 좌절해 버렸다. '펠레 법' 때문이었다.

'펠레 법'은 브라질의 축구 유망주를 보호하기 위해 만들어진 법령이었다. 이는 18세가 되지 못한 선수들의 해외 이적을 금지

하는 법이었는데, 어린 나이의 선수들이 해외로 나가 적응하지 못하고 망가지는 걸 막기 위한 의도로 만들어진 법이었다.

1988년생인 마르셀루가 해외 구단으로 이적을 할 수 있게 되는 건 2005년.

원래의 역사를 그대로 따라간다면, 그때의 아스날은 1000만 파운드도 마음대로 쓸 수 없는 상태가 될 게 뻔했다.

그런 상태에서 브라질 유망주에게 600만 파운드를 쓸 벵거가 아닌 것이다.

'60만 파운드도 아깝다고 벌벌 떨겠지.'

민혁은 고개를 저었다. 지금으로서는 어떻게 해도 답이 나올 문제가 아니었다.

게다가 그걸 고민하는 것도 일종의 사치에 불과했다. 우선 자신이 살아남아야 제안을 하건 요청을 하건 할 게 아닌가.

"그래, 일단 나부터 열심히 하자."

탄식 비슷한 말을 터뜨린 그는 공을 가지고 나온 필 버트를 향해 고개를 돌렸다. 이제 슬슬 훈련이 시작될 모양이었다.

그렇게 시작된 훈련을 마치고 일주일이 지나갈 무렵.

민혁은 또 한 번 코치의 소환을 받았다.

*   *   *

1996년 11월 18일.

16세 이하 팀으로의 월반을 준비하던 민혁은 리엄 브래디의 소환을 받고 버스에 올랐다. 웨스트햄 16세 이하 팀과의 경기에 합류하라는 내용이었다.

아직 정식으로 월반을 한 게 아님에도 부른다는 건, 이번 경기를 통해 월반 여부를 최종적으로 결정하겠다는 생각일 터였다.

'뭔가 좀 치사하다.'

민혁은 속으로 투덜거렸다. 하기야 팀 입장에서는 실전을 통해 실력을 확실히 파악하겠다는 의도를 갖는 것도 이상하진 않지만, 막상 시험을 받는 입장이 되면 기분이 좋을 수는 없었다.

왠지 즐라탄의 심정을 알 것 같다며 투덜대던 민혁은 버스가 멈춘 걸 느끼곤 투덜댐을 멈췄다.

버스가 도착한 곳은 대거넘(Dagenham)에 있는 웨스트햄 유소년 트레이닝 센터였다. 오늘 있을 유소년 경기가 벌어지는 장소였다.

웨스트햄 유스는 잉글랜드에서 손꼽히는 명문이었다. 당장 올해 데뷔한 리오 퍼디난드는 벌써부터 잉글랜드의 미래라는 소리를 듣고 있었고, 작년에 데뷔한 프랭크 램파드도 1군에서 뛰고 있었다.

램파드의 경우 경기력이 좋지 않아 팬들의 비판을 받고는 있지만, 향후 그가 발롱도르 2위에 오르게 된다는 점을 생각해 보면 단지 웨스트햄의 전술이 그와 맞지 않을 뿐일지도 모르는 일이다.

거기에 작년에 첼시로 이적해 1군 데뷔를 한 존 테리까지 생각한다면, '퍼기의 아이들'을 키워낸 맨유 유스 시스템 외엔 웨스트햄에 비할 만한 유소년 육성 시스템을 갖춘 곳은 없다고 봐도 무방할 터였다.

웨스트햄 유스가 유명한 이유는 하나 더 있었다. 대부분의 잉글랜드 구단이 피지컬 위주의 훈련을 하는 데 반해, 웨스트햄은 유스 시스템에 소속된 유망주들에게 기술적인 훈련을 많이 시킨다는 특징이 있었다. 전통적으로 기술과 패스를 중시하는 플레이를 선호했기 때문이었다.

사실, 아르센 벵거가 부임하기 이전까지만 해도 '아름다운 축구'를 대표하는 팀은 아스날이 아닌 웨스트햄 유나이티드였다.

당시 아스날 팬들의 구호 중에는 '우승을 하는 건 아름다운 축구를 하는 웨스트햄이 아니라 지루한 축구를 하는 우리다'라는 것도 있을 정도였으니, 90년대 중후반의 웨스트햄이 어떤 축구를 했는지는 충분히 짐작이 가능한 민혁이었다.

"아, 그리고 보니 조 콜(Joe Cale)이 여기 유스로 있던가?"

"응?"

"…혼잣말이야. 신경 쓰지 마."

민혁은 자신과 함께 소환된 저스틴 호이트를 바라보며 손을 저었다.

"참. 너 여기 처음이지?"

"그런데?"

"관중들이 뭐라던 신경 쓰지 마."

"응?"

저스틴의 말은 민혁을 혼란시켰다. 무슨 뜻으로 하는 말인지 이해할 수 없었다.

하지만 그 말엔 다 이유가 있었다.

해머스(Hammers)라는 별명을 가지고 있는 웨스트햄의 팬들은 대부분 백인이었다. 팀이 있는 지역 자체가 유색인종이 드문 이스트런던 지역이기 때문인 모양이었다.

문제는, 바로 그 해머스가 인종차별로 유명한 집단이란 점이었다.

"뭐야, 일본인도 있어?"

"일본인?"

민혁은 발끈했다. 일본에 악감정을 가지고 있는 건 아니었지만, 그래도 계속해서 일본인이라는 소리를 들으면 기분이 나빠지는 건 당연했다. 약하게나마 정체성을 위협받는 느낌이 들기 때문이었다.

"신경 쓰지 마."

"별로 신경 안 써."

민혁은 울컥한 심정을 누르며 태연히 말했다. 생각해 보면 저런 말 하나하나에 굳이 신경을 쓸 이유는 없었다.

저러는 게 정 마음에 안 들면 경기에 이기고 비웃어주면 되는 것이다.

하지만 민혁과는 다른 반응을 보이는 사람이 대다수였다. 물론 전부 흑인이었다.

"Fucking Hammers."

제이 보스로이드는 대놓고 인상을 구겼다. 창밖으로 보이는 웨스트햄의 팬들을 보고는 가운데 손가락을 들어 올릴 정도였다.

그걸 본 코치는 기겁하며 몸으로 그를 가려 노출을 막았지만, 보스로이드는 오히려 코치에게 짜증을 냈다.

"뭐 하는 거예요?"

"너 그러다 돌 맞는다."

"맞아도 내가……."

"저놈들이 돌 던져서 버스 고장 나면 네 주급에서 깔 거야."

흥분했던 보스로이드는 금세 평정심을 찾았다.

"가만히 있을게요."

"그래, 열받는 거 있으면 경기장에서 풀어."

말을 끝내고 돌아가던 코치는 두 걸음 만에 다시 몸을 돌려 진지하게 말했다.

"상대편 다리를 부러뜨리라는 말 아니야."

보스로이드는 쳇 하는 소리를 냈다. 농담 같으면서도 농담이 아닌 것 같은 반응이었다.

민혁은 왠지 모를 식은땀이 흐름을 느꼈다. 왠지 저놈이라면 정말 그런 짓을 할지도 모른다는 생각이 들었기 때문이었다.

그 일련의 상황을 모르는 웨스트햄 팬들은 계속해서 아스날 유스들을 손가락으로 가리키며 중얼거렸다. 아무래도 좋은 말은 아닌 것 같았다.

"그나저나… 유스 경기인데도 사람이 많네."

"너 경기 처음이냐?"

보스로이드는 민혁에게 다가와 물었다. 지난번 훈련을 같이할 때도 느낀 거지만, 동양인을 보는 건 민혁이 처음인지 신기하다는 눈빛도 섞여 있었다.

"잉글랜드에선 처음이야."

"잉글랜드에선?"

"걔 일본에서 득점왕 하고 감독님 따라왔대."

"득점왕?"

보스로이드는 인상을 썼다. 지난번 훈련을 같이할 땐 듣지 못했던 내용이었다.

"포워드야?"

"미드필더."

"미드필더가 득점왕이라고?"

"플라티니도 유로 득점왕인데 안 될 게 뭐야."

1984년. 플라티니는 자국에서 열린 유럽 축구 선수권대회에서 5경기 9골을 기록하며 자국인 프랑스를 우승으로 이끌었다. 이때 보인 경기력은 1986 월드컵의 마라도나와 함께 역대 최강의 대회 퍼포먼스로 손꼽히는데, 단일 대회만 놓고 보면 플라티니의 활약이 마라도나보다 뛰어나다는 평가를 받고 있었다.

한마디로 말해, 역대 최고의 미드필더를 꼽으라면 제일 먼저 거론될 사람이란 뜻이었다.

"자신이 넘치네?"

"실력이 있으니까 자신이 넘치지."

보스로이드는 웃어버렸다. 너무도 자신감이 넘치는 민혁의 태도가 어이없기도 했지만, 그 자신감의 절반만큼이라도 실력이 있다면 저 해머스(웨스트햄 팬)들에게 엿을 먹여줄 수 있으리라는 생각이 들어서였다.

그는 민혁에게 얼굴을 가까이 대고 입을 열었다.

"경기에서 확인해 보지."

7

월반

"호오……."

필 버트는 흥미롭단 표정을 지우지 못했다. 전반과 비교되는 전개가 벌어지고 있었기 때문이었다.

후반 시작과 동시에 투입된 민혁은 아스날을 전반과 전혀 다른 팀으로 바꿔놓았다.

레온 브리튼과 민혁의 조합은 투박하던 아스날을 크루이프 체제의 바르셀로나처럼 보이게 했다. 레온 브리튼은 바르셀로나의 4번이던 펩 과르디올라처럼 플레이를 하고 있었고, 그보다 살짝 앞에 선 민혁은 미카엘 라우드럽을 연상시키는 플레이를 보이고 있었다.

다시 말해, 탈압박과 패스는 좋지만 전진 드리블이 부족한 레온 브리튼만으로는 불가능했던 플레이가 가능해졌다는 이야기였다.

민혁은 다음 플레이로 그것을 또 한 번 증명했다. 라 크로케타로 두 명의 수비 사이를 뚫어낸 후 중앙으로 찔러준 패스가 그것이었다.

기회를 노리던 아스날의 포워드가 빠르게 달려 공간으로 들어온 패스를 상대의 골문에 밀어 넣었다. 제이 보스로이드의 후반 두 번째 득점이었다.

아스날의 공격력은 전반보다 훨씬 강해져 있었다. 전반에 한 골도 넣지 못하던 보스로이드가 벌써 두 골을 기록하고 있다는 게 그 단적인 증거였다.

그 두 골은 모두 민혁의 어시로 기록된 득점이었다. 지금처럼 수비를 따돌린 민혁이 넣어준 패스를 침투한 보스로이드가 골문 안으로 때려 넣는 식이었다.

"지금 당장 월반시켜도 문제가 없겠는데?"

18세 이하 팀의 코치인 돈 호우는 나직이 감탄을 터뜨렸다. 본래는 18세 이하 팀으로 올라갈 선수들을 보러 온 거지만, 오늘 그의 시선은 온통 민혁에게 향해 있었다. 실력이 뛰어나다는 것도 이유였지만, 그보다는 잉글랜드 축구계에서 좀처럼 보기 힘든 스타일이라는 점이 눈길을 잡고 있었다.

돈 호우는 지난번에 상대했던 웨스트햄 18세 이하 팀의 에이스를 떠올려 보았다. 그때 만난 조 콜이라는 선수도 굉장한 기술을 가지고 있다는 기억이 떠올랐고, 자연히 돈 호우는 그와 민혁을 살짝 비교해 보았다.

'조 콜이라는 애랑 비슷한 수준 같긴 한데……'

그는 뭔가 살짝 부족하다는 생각을 했다. 하지만 그게 뭔지는 잘 떠오르지 않았다.

필 버트는 그 부족한 점을 짚었다.

"물론 월반 시켜도 괜찮겠지. 근데 피지컬이 너무 약해."

"압박은 잘 벗겨내잖아?"

"기술이 좋으니까. 하지만 그것도 체력이 있을 때나 가능한 거지."

필 버트는 부정적인 의견을 비쳤다. 민혁의 기술적인 부분은 흠잡을 곳이 전혀 없지만, 피지컬적인 부분에 있어선 지적할 곳이 너무 많았다.

그의 의견은 이어진 장면에서 힘을 얻었다. 웨스트햄 15번과 어깨싸움을 하던 민혁이 2m 가까이 내동댕이쳐지는 장면이었다.

돈 호우는 방금 본 장면에 감탄하며 입을 열었다.

"쟤, 잘하네. 이름이 뭐야?"

"글렌 존슨(Glen Johnson)."

민혁을 내동댕이친 수비수는 1993년부터 웨스트햄 유스로 있던 글렌 존슨이었다. 이후 첼시와 포츠머스를 거쳐 리버풀의 주축이 되는 바로 그 글렌 존슨으로, 민혁이 이 사실을 알았더라면 과연 미래의 프리미어리거는 다르다는 말을 했을 터였다.

하지만 그걸 모르는 민혁으로서는 짜증만 나오는 상황이었다.

"아! 짜증 나!"

민혁은 화를 터뜨리며 일어났다. 얼마나 세게 부딪쳤는지 어깨가 빠질 듯한 느낌이었다.

고통보다 더 화가 나는 건, 이렇게까지 밀렸는데도 파울 선언이 되지 않았다는 부분이었다. 이게 세이프라면 도대체 뭐가 반칙으로 인정되는 플레이란 말인가.

하지만 그런 플레이는 계속해서 정상적인 플레이로 판정되었고, 민혁은 후반 시작 25분 만에 완전히 지쳐 버렸다.

웨스트햄 16세 이하 팀의 수비수들은 터프하다는 말로는 표현이 불가능할 정도의 압박과 몸싸움으로 민혁을 짓눌러 버렸다. 게다가 땀에 젖은 그들의 몸에서 흘러나오는 암내는 그 냄새에 익숙하지 않은 민혁의 정신까지 쇼크에 빠뜨려, 민혁의 플레이는 점점 압박을 피해 도망치는 형태가 되고 있었다.

"쯧."

필 버트는 혀를 찼다. 드리블과 패스, 그리고 압박을 벗어나는 능력은 이 경기를 뛰는 선수들 중에서도 손꼽히는 실력이지만, 역시 피지컬적인 측면에서 너무 약했다.

"동양인의 한계군."

"꼭 그렇진 않지. 차붐 몰라?"

돈 호우는 반례를 제시했다. 분데스리가 외국인 최다 골 기록을 가진 전설적인 공격수의 이름이었다.

"그거야 이레귤러지. 차붐 말고 활약한 동양인이 있기는 해?"

"몇 명 더 있긴 할걸?"

"누구?"

돈 호우는 어깨만 으쓱했다. 그러고 보니 차붐만큼 성공한 동양인 선수는 없었다. 굳이 따지자면 바르셀로나 최초의 레전드인 파울리노 알칸타라를 예로 들 수 있겠지만, 그는 아버지가 스페인 사람이란 점에서 동양인이라고 보기 애매한 측면이 있었다.

"아무튼 피지컬만 키우면 써먹을 수 있다는 건 대단한 거야. 벌크 업 좀 한다고 기술이 죽을 것 같지도 않고."

"맞아."

필 버트는 돈 호우의 의견에 찬성표를 던졌다.

"정식으로 계약해도 되겠네."

"좋겠어. 대어 하나 건지고."

"이미 들어온 물고기인데 건지긴 뭘 건져."

고개를 저은 필 버트는 선수들의 플레이를 계속 살폈다. 민혁만 주시할 수는 없는 일이었다.

그와 함께 경기를 보던 돈 호우의 표정은 좋지 않았다.

"18세 팀으로 갈 애는 없는 것 같은데……"

"브리튼 어때?"

"원래 그러려고 했는데, 쟬 보니까 좀 더 해야겠다 싶어서."

돈 호우는 숨을 헐떡이는 민혁을 가리켰다. 민혁의 플레이를 보자 레온 브리튼의 기술적 능력이 부족하다는 생각이 들었다는 뜻이었다.

민혁은 몸싸움에서 체력을 거의 다 잃어 제대로 된 플레이를 못 하고 있음에도 제법 준수한 활약을 보이고 있었다. 무엇보다 공을 가지고 있을 때 압박을 벗겨내는 동작이 눈에 띄었는데, 체력을 거의 다 소모했음에도 저런 움직임을 보인다는 건 기술적 레벨이 다른 선수들보다 두 단계는 앞서 있단 이야기였다.

하지만 그것도 곧 한계에 달했다. 압박을 벗어나는 것까지는 괜찮았지만, 그 후로 계속해서 달려드는 상대에게서 벗어나는 것은 어려워 보였다. 몸싸움이 한번 일어날 때마다 휘청거리고 있었던 것이다.

돈 호우와 필 버트는 넘어지는 민혁을 보며 쓴웃음을 물었다.

"처음부터 몸싸움을 피하는 게 좋았을 텐데."

"일본에선 몸싸움도 제법 했나 보지. 이번에 경험했으니까 다음부턴 피할 거야."

필 버트의 지적은 정확했다. 일본에 있을 때의 민혁은 피지컬적으로 미약한 우위를 점하고 있어 몸싸움을 피하지 않는 습관이 들어 있었다. 모리사키나 강영훈 같은 애들과 비교하면 조금 떨어지는 피지컬이지만, 평균적인 일본인들과 비교했을 땐 좋은 피지컬을 가지고 있었기 때문이었다.

하지만 잉글랜드에서는 그렇지 못했다. 평균에 비해서도 4~5㎝ 정도 작고 3~4㎏ 정도 덜 나가는 데다, 지금 경기를 하는 선수들의 대부분은 민혁보다 두 살 정도 나이가 많았다. 피지컬적으로 불리할 수밖에 없다는 뜻이다.

경기는 얼마 지나지 않아 끝을 맺었다. 2 대 2 무승부였다.

"어떡할 거야?"

"뭘?"

"쟤."

돈 호우는 민혁을 가리켰다. 월반 여부에 대한 질문이었다. 대답은 짧았다.

"당연히 올려야지."

＊   ＊   ＊

민혁은 서류를 바라보았다. 16세 이하 유소년 팀에 합류한다는 정식 계약서였다.

아직 만으로 16세가 되지 않아 프로 계약은 불가능했지만, 이번 계약은 민혁에게 엄청난 의미를 가지고 있었다.

주급.

바로 그것이 지급된다는 점 때문이었다.

민혁이 받게 되는 주급은 500파운드였다. 96년 11월의 환율로 약 67만 원을 조금 넘는 금액이었다.

'이러다 아버지보다 더 버는 거 아냐?'

민혁은 잠깐 기억을 더듬었다.

현재 한국 모 중소기업의 과장으로 있는 민혁의 아버지 윤수호 과장의 월급은 약 220만 원이었다.

그가 다니는 회사가 중소기업치고는 나름 재정이 탄탄한 곳이라 과장에게도 적지 않은 월급을 지급할 수 있는 곳이라 가능한 일이었지만, 안타깝게도 그 회사는 기분파인 사장의 무리한 투자로 인해 IMF를 견디지 못하고 흑자도산을 해버리게 되는 게 2년 후의 이야기였다.

최종적으로는 대기업에 흡수합병을 당하게 되지만 대량 해고 사태까지는 막지 못했고, 부장을 달아버린 민혁의 아버지는 노조의 보호조차 받지 못해 잘려 버리게 되는 게 회사 부도 5개월 후였다.

잠깐 그때의 기억을 떠올린 민혁은 인상을 썼다. 그 당시의 기억을 떠올리는 것만으로도 두통과 짜증이 밀어닥칠 것 같은 느낌이었다.

'아, 이번엔 어떻게든 막아봐야지.'

회사의 부도는 못 막아도 아버지의 승진은 막을 수 있을지도 몰랐다. 예를 들어 한국에 돌아가서 중요한 서류를 몰래 숨겨놓는다거나…….

"…그럼 잘리려나?"

민혁은 잠시 고민에 빠졌다. 하지만 지금으로선 자신이 어떻게 할 수 없는 일이란 판단이 들자 고민은 금세 자취를 감췄다. 능력 밖의 일을 고민해 봐야 답이 나올 리 만무하다는 판단 덕분이었다.

고민을 끝낸 민혁은 최종 사인을 하려다 손을 멈췄다.

계약서 말미에 달린 부가 조항이 민혁을 살짝 슬프게 했다. 학비와 거주비를 비롯한 체류 비용을 제하고 지급한다는 조항 때문이었는데, 그것을 고려할 경우 민혁이 받게 되는 건 대략 100파운드가 약간 못 됐다.

그나마 아직 런던 부동산이 폭발하기 전이기에 망정이지, 중국발 투기 자본이 들어오는 2000년대 후반 이후였다면 오히려 돈을 더 내야만 했으리라.

"뭐… 이거야 어쩔 수 없지."

민혁은 한숨을 내쉰 후 사인을 끝냈다. 학교도 다녀야 했고 생활비도 써야 하는 건 당연하니까.

결정을 내린 민혁이 사인을 끝내자, 리엄 브래디는 웃으며 말했다.

"감독님이 신경을 써주셔서 다른 애들보다 높게 받는 거다. 그러니까 금액은 비밀로 해라."

"벵거 감독님이요?"

"그래. 원래 350파운드였는데 150파운드나 올려주신 거야."

민혁은 고개를 끄덕였다. 살짝 부담도 느껴지는 배려였지만 기분이 나쁘진 않았다.

"조지 웨아도 이적 초기엔 감독님에게 용돈을 받아서 생활했었지. 그러니까 너도 그만큼만 해라."

"발롱도르 받으라고요?"

"가능하다면."

농담을 섞어 말하던 브래디는 두 장의 계약서 중 한 장을 들어 민혁에게 건넸다. 민혁은 미리 준비한 가방에 계약서를 넣었고, 브래디는 그런 민혁을 잠시 보다 입을 열었다.

"에이전트 아직 없지? 구해줄까?"

"음……."

민혁은 고개를 저었다. 에이전트가 있으면 편하긴 했지만 당분간은 딱히 도움을 받을 일이 없었다. 게다가 얼마 후 한국을 습격할 IMF를 생각하면 어떻게든 돈을 아껴야 했다.

IMF를 맞이한 한국의 외환시장을 생각하면, 외화는 한 푼이라도 더 모아두는 게 좋았다.

"아뇨. 필요해지면 제가 구할게요."

"그래. 하지만 성인 계약 전에는 구하는 게 좋을 거다."

브래디는 남은 한 장의 계약서를 봉투에 넣었다. 아스날에서 보관하게 될 계약서였다.

그는 계약서가 담긴 봉투를 가방에 넣고 민혁에게 말했다.

"앞으로 잘해보자."

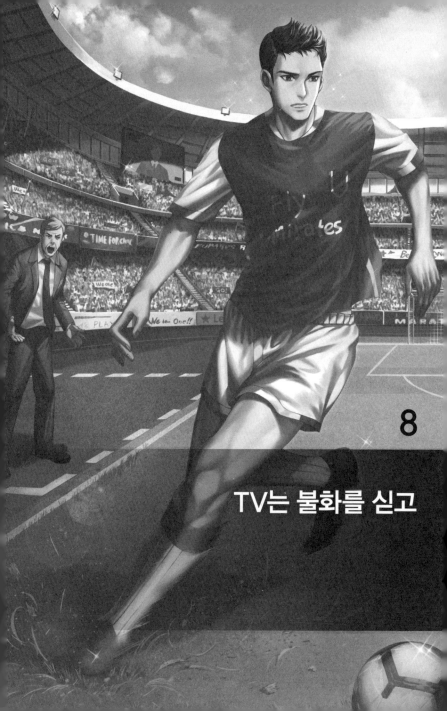

8

TV는 불화를 싣고

　새해를 맞은 아스날엔 몇 가지 소식이 날아들었다. U—21 잉글랜드 축구 국가대표팀 감독이 된 피터 리드가 애슐리 콜의 플레이를 보러 훈련장에 다녀갔다는 소식이 가장 큰 관심을 끌었고, 제이 보스로이드도 U—16 대표 팀에 선발이 되었다는 소식이 뒤를 이었다.

　"보스로이드가요?"

　"그래."

　"저는요?"

　제롬 토마스는 경쟁심을 불태웠다. 보스로이드가 뽑혔다면 자신이라고 뽑히지 못할 이유가 없지 않느냐는 표정이었다.

"넌 연락 없어."

그는 필 버트의 이야기를 듣고는 짜증을 내며 몸을 돌렸다. 이제 막 16세 이하 팀에 들어온 주제에 욕심이 많다는 생각만 드는 모습이었다.

그리고 레온 브리튼도 U—16 팀에 선발이 되었다. 작년에 이은 두 번째 선발이었다.

하지만 그렇게까지 큰 이슈는 되지 못했다. 올해가 FIFA U—17 세계 축구 선수권대회(훗날의 FIFA U—17 월드컵)가 열리는 1997년이긴 했지만, 아스날 유스들이 명단에 오른 잉글랜드 청소년대표팀은 작년 지역 예선 격인 UEFA 대회의 실패로 FIFA U—17 세계 축구 선수권대회에 나갈 수 없었다.

참고로, 한국도 그 대회에 출전할 수 없었다. 1996년에 열린 AFC U—16 축구 선수권대회에서 4강 이상의 성적을 거둬야 출전이 가능했는데, 한국은 일본과 오만에게 패하고 우즈베키스탄과 비겨 조별 예선 탈락이란 성적을 기록하고 말았다.

하지만 소집은 중요한 일이었다. 다음 단계인 FIFA 세계 청소년 축구 선수권대회(FIFA World Youth Championship), 좀 더 익숙한 말로 하자면 FIFA U—20 월드컵을 위해 발을 맞춰보는 훈련은 대회에 탈락한 국가들도 하기 때문이었다.

"난 왜 연락이 없지."

민혁은 문득 의문에 빠졌다. 해외 축구 유학이라는 게 드문 90년대에 명문 구단 아스날의 유스로 있는 자신이 대한민국 청소년대표팀에 선발이 되지 않는다는 게 납득되지 않았다.

아무리 학연과 지연으로 엮여 있는 대한민국 축구계라지만, 월등한 실력을 가지고 있다면 그 학연과 지연을 넘는 것도 충분히 가능했다. 각급 대표 팀 감독의 지상 과제는 어디까지나 팀의 성적이었고, 때문에 그들은 그 성적을 낼 수 있는 선수가 있다면 학연과 지연을 제쳐둘 의사가 있는 사람들이었다.

비슷비슷한 실력이라면 당연히 연줄이 있는 선수를 쓰지만, 연줄이 없는 선수가 실력이 월등하다면 자신의 자리 보전을 위해 연줄이 없는 선수를 쓸 사람들이란 이야기였다.

그런데도 아무 연락이 없다는 건 어떤 뜻일까.

"음……."

민혁은 한 가지 가능성을 찾아 입에 담았다.

"설마… 모르는 건가?"

잠깐 생각을 이어가던 민혁은 고개를 저었다. 아무리 그래도 그 정도로 엉망일 것 같지는 않았다.

하지만 민혁의 생각은 사실에 닿아 있었다.

당시의 대한축구협회(Korea Football Association)는 외국에 나간 16세 이하의 유소년들까지 확인을 할 만한 행정력이 갖춰져 있지 않았다. 유소년 육성의 중요성에 대해서도 알고 있고 유망주를 해외로 유학시켜 성과를 보겠다는 야심 찬 계획도 구상하고 있는 KFA지만, 정작 해외에 진출한 유망주에 대한 정보는 조금도 없었던 것이다.

거기엔 민혁의 탓도 있었다. 민혁은 일본에서 곧바로 영국으로 진출한 케이스였고, 때문에 영국으로 진출하기 전엔 KFA가 아닌 JFA에 소속되어 있는 유망주였다.

다시 말해, JFA가 KFA에 민혁의 정보를 주거나 민혁이 직접 정보를 등록하지 않는 한, 민혁이 아스날에 있다는 내용이 한국에 전해질 방법은 없다는 이야기였다.

그러나 얼마 후.

민혁은 원치 않던 방법으로 한국에 정보를 전하게 되었다.

*　　　　*　　　　*

"PD님, 여기 재미있는 이야기가 올라왔는데 보셨어요?"

"뭔데?"

"재작년에 일본에서 열린 청소년 대회 득점왕이 한국인이라네요."

"재일이야?"

"아뇨. 한국인요."

KBC의 작가 서준영은 상사인 신영일 PD에게 컴퓨터 화면을 보여주었다. PC 통신에 올라온 네 줄짜리 짧막한 내용이었다.

그것을 읽은 신영일 PD는 고개를 돌려 서준영을 보며 물었다.

"그러니까, 북한이 아니라 한국 국적자라 이거지?"

"네."

"한국 애가 왜 일본에 가서 축구를 해? 혹시 아버지가 외교관이야?"

"아뇨. 그건 아닌 것 같아요. 제가 좀 찾아보니까 평범한 중소기업 과장이더라고요."

"벌써 거기까지 팠어?"

"제가 축구 좋아하잖아요."

"그 열정으로 일을 좀 해라."

신영일 PD는 서준영에게 면박을 주고는 조금 전의 이야기를 이어나갔다.

"몇 골이나 넣었는데?"

"8경기에서 18골요."

"…뭐?"

잠깐 당황하던 신영일 PD는 두어 번 눈을 깜박인 후 입을 열었다.

"18경기 8골 아니야?"

"아뇨. 여기 경기 기록도 가져왔어요. 8경기 18골이 맞아요."

신영일 PD는 서준영이 건넨 자료를 보았다. 전 일본 U—12 청소년 선수권대회의 경기 결과와 기록이 프린트된 A4 용지였다.

일본어를 모르는 신영일 PD였지만 서준영의 말이 옳음은 금세 알 수 있었다. 서준영이 민혁의 득점에 형광펜으로 줄을 그어놓은 덕분이었다.

"진짜 8경기 18골이네."

"그쵸?"

"근데 말이야, 아무리 청소년 축구라지만 그런 게 나와?"

"애들 동네 축구에선 한 경기에 6골 넣는 애도 나오니까요. 수준 차가 크면 그럴 수 있죠."

신영일 PD는 납득했다. 어느 정도 선수로서 완성이 된 단계라면 모를까, 12살 이하의 선수들이라면 아예 불가능한 스코어는 아니었다. 한국에서도 가끔 경기 수와 골 수가 엇비슷한 경우도 나오곤 했으니 말이다.

"그래. 그래서 일본 가자고?"

"아뇨."

서준영은 부정적인 답변을 주었고, 신영일 PD는 고개를 갸웃하며 물었다.

"걔 한국 왔어?"

"영국에 있대요."

"…갑자기 웬 영국이야?"

신영일 PD는 미간을 좁혔다. 어째 서준영이 자신을 놀리고 있는 것 같다는 생각이 들어서였다.

하지만 서준영은 그를 놀릴 생각이 없었다. 단지 다음 말을 통해 느끼게 할 놀라움을 고조시키기 위한 방편으로 말을 빙빙 돌렸을 뿐이었다.

"원래 거기 있던 감독이 영국에 있는 명문 팀 감독이 됐는데, 거기로 가면서 걔를 데려갔대요."

"명문 팀? 어딘데? 혹시 레알이야? 아니면 AC 밀란?"

"거긴 스페인이랑 이탈리아고요. 아스날이에요."

"거기가 어디야?"

신영일 PD는 잘 모르겠다는 반응을 보였다.

그는 국가대표 축구는 좋아하지만 해외 축구계에 대한 지식은 별로 없는 90년대 축구 팬의 전형이었다. 게다가 그가 진행하는 프로그램도 축구계와는 좀 동떨어진 분야인지라, 그가 아는 해외 축구팀은 레알 마드리드와 바르셀로나, 그리고 AC 밀란과 유벤투스 정도가 고작이었다.

"아스날이라고 잉글랜드에선 제법 알아주는 팀이 있어요. 허버트 채프먼이라는 사람이 감독을 맡으면서부터 명문이 됐는데……."

"난 그런 거 관심 없어."

서준영은 살짝 인상을 썼다. 유럽 축구에 관심 없는 사람이 이번 일의 가치를 제대로 알 수 있을까 싶기도 했다.

하지만 설득을 포기할 수는 없는 일.

그는 계속해서 말을 이었다.

"아무튼 놀라운 건요, 그 감독이 조지 웨아를 길러낸 사람이란 거예요."

"조지 웨아가 누군데?"

"재작년에 발롱도르 받은 선수요."

"발롱도르는 또 뭐야?"

서준영은 한숨을 쉬었다. 이래서 유럽 축구 좋아하는 PD를 만나야 했는데…….

"프랑스 언론사에서 그 해에 세계에서 제일 축구를 잘하는 사람을 뽑아서 주는 상 이름이 발롱도르예요."

"그래?"

대수롭지 않게 대답하던 신영일 PD는 잠깐 멈칫한 후 말을 이었다.

"잠깐, 그럼 세계에서 축구를 제일 잘하는 선수를 길러낸 감독이 한국 애를 키우려고 데려갔단 말이지?"

"네."

"이거 시청률 좀 끌겠는데?"

"그렇죠?"

신영일 PD는 눈을 빛냈다. 아직도 국가주의, 전체주의에 빠져 있는, 그리고 선진국이 되지 못했다는 개도국 열등감에 빠져 있는 대한민국이라면 '세계에서도 알아주는'이라는 수식어만 붙으면 열화와 같은 환성을 보낼 가능성이 매우 높았다.

거기에 일본 대회에서 득점왕을 먹은 적도 있다지 않은가.

"제목은 이거 어떨까? '일본을 정복한 한국의 축구 천재, 축구의 본고장 유럽으로 가다'."

"괜찮은데요?"

서준영은 속으로 감탄을 터뜨렸다. 축구에 대해서는 개뿔 아는 것도 없는 PD지만 중요한 단어를 찾아내는 능력은 탁월한 신영일이었다.

1930년대의 독일에서 태어났다면 괴벨스와 자웅을 겨루고 있지 않을까.

그런 쓸데없는 생각을 하던 서준영은 악 하는 소리를 내며 고개를 들었다. 신영일 PD가 생각에 잠겨 있던 그의 머리를 옆에 있던 대본으로 내려친 탓이었다.

"왜 때리는데요……."

"계획을 잡았으면 컨펌을 받아야 할 거 아냐."

"컨펌이야 PD님이 하시는 거죠. 동의했으면 끝난 거 아니에요?"

"야, 인마. 이게 국내 촬영으로 끝날 문제냐?"

"아……."

서준영은 그제야 자신이 맞은 이유를 납득했다.

민혁에 대해 취재를 하려면 준비해야 할 것이 꽤 많았다. 한국에 있을 때의 일이야 한국에 있을 민혁의 부모와 이웃, 그리고 다니던 학교의 교직원들을 만나는 걸로 끝나는 간단한 문제지만, 일본과 영국으로 가는 건 그렇게 간단하지 않았다. 촬영 팀의 여권을 확인해 티켓도 발급해야 했고, 통역을 맡을 사람도 찾아야 했으니 말이다.

그리고 무엇보다…….

"빨리 자료 만들어. 예산 타내야 되니까."

"그냥 사장님만 설득하면 안 돼요? 사장님 축구 좋아하시잖아요."

"인마. 기자 한두 명 보내는 거면 그래도 되지. 근데 우린 장비까지 다 갖춰서 가야 되잖아. 그게 어디 한두 푼 드는 일이냐?"

"아, 진짜. 저 그제도 야근했단 말이에요."

"어제는 안 했지."

"어제는 일요일이었고요……."

서준영은 투덜댔다. 미국에서는 주 5일제를 적용하고 있는데, 왜 한국은 아직도 6일제란 말인가.

하지만 이렇게 물어봐야 '미국은 선진국이고'라는 말만 나올 게 뻔했다. 어쩌면 '일하기 싫으면 때려치우든가'라는 대답이 나올지도 몰랐다. 물론 어딜 가도 밥을 굶지는 않을 테니 때려치우는 것도 못 할 일은 아니었지만, 그래도 그런 식으로 일을 그만두고 싶진 않았다.

"보고서 몇 장으로 만들까요?"

"좀 빵빵하게 넣어. 사장님 사진 자료 좋아하시는 거 알잖아."

"한 다섯 장만 제대로 만들면 되죠?"

"그래. 그리고 그다음 세 장은 사진으로 넣고 한 장은 도표로 하고, 또 세 장은 사진으로 채우고 두 장 정도 문서로 정리하고……."

서준영은 신영일 PD의 지시를 받아 적었다. KBC에서 보낸 세월만 15년인 신영일 PD는 사장의 취향에 대해서도 잘 알고 있었다.

그러니, 그의 지시를 따르기만 하면 프로젝트 진행 허가도 분명히 나올 터였다.

"언제까지 돼?"

"퇴근 전까지 해서 드릴게요."

"오늘?"

"네."

"오늘은 좀 힘들 텐데."

"왜요?"

신영일 PD는 A4지 한 묶음을 내밀며 그에게 말했다.

"지난 방송 속편 대본을 오늘까지 넘겨야 되거든."

*　　　*　　　*

마포구에서 진행된 촬영은 순조로웠다. 프라이버시라는 개념이 희박하던 90년대이기 때문인지, 민혁에 대한 정보를 구하는 건 해수욕장에서 모래를 퍼 담는 것만큼이나 쉬웠다. 심지어 민혁이 한국에서 마지막으로 먹은 음식이 전북 정읍의 조길순 할머니가 만들어 보내준 부추잡채라는 것까지 알 수 있을 정도로 말이다.

그리고 지금.

KBC 취재진은 민혁의 어머니인 박순자 여사와의 짧은 인터뷰를 끝내고 이웃 주민들과의 인터뷰를 진행 중이었다.

"재영아! 엄마 TV 나왔다!"

신영일 PD는 어색한 표정으로 고개를 돌렸다. 방금 찍은 영상은 편집할 생각이었다. 7시 내 고향이나 걸어서 한국 밖으로 같은 오락프로그램이라면 몰라도, 다큐멘터리를 표방하는 휴먼 히스토리에 저런 장면을 내보일 수는 없었다.

그걸 알 리 없는 재영 엄마는 한참이나 호들갑을 떨다 인터뷰를 시작했다.

"어떤 것부터 말하면 돼요?"

"그… 민혁이라는 애에 대해서 아는 것 아무거나 말씀해 주시면 됩니다."

재영 엄마는 고개를 끄덕인 후 입을 열었다.

"민혁이 걔가 원래 공부를 그렇게 잘하는 편은 아니었어요. 그런데 뭔가 계기가 있었는지 갑자기 성적이 확 좋아졌지 뭐예요. 정말 다들 놀랐다니까요."

"아, 예."

"민혁이네 엄마도 민혁이가 일본어 할 줄 안다는 거 알고 깜짝 놀랐다더라고요. 일본에 유학을 보낼 때만 해도 일본어도 못 하는 애가 일본에 가도 될까 걱정을 많이 했다던데……."

그녀는 묻지 않은 말까지 술술 꺼냈다. 하지만 이내 그녀의 이야기는 민혁이 아닌 자신의 신세 한탄으로 바뀌어갔다. 민혁에 대한 이야기를 듣고 싶었던 취재진으로서는 난감한 상황이었다.

"하여튼 우리 애는 누굴 닮아서 그렇게 공부를 안 하는지……."

그녀는 계속해서 탄식을 이어갔고, 듣다 못한 신영일 PD는 그녀가 숨을 고르는 틈을 타 입을 열었다.

"저, 그런데 말입니다. 그 민혁이라는 애가 축구도 곧잘 했다면서요?"

"축구요? 아, 그러고 보니까 축구부 부주장이었던가 그랬을 거예요."

"그렇군요."

신영일 PD는 간만에 나온 축구 이야기에 반색하며 펜을 들었다.

"축구부 부주장이었으면 축구부에 오래 있었던 건가요?"

"나는 잘 모르겠고… 아마 그건 정호 엄마가 알 텐데……."

"정호 엄마 엊그제 친정 갔잖아."

"그래? 왜?"

"왜긴 왜야. 남편이랑 싸워서 눈탱이가 밤탱이가 돼서 도망친 거지."

"또 싸웠어?"

"남편 친구 마누라한테 남편 험담했다가 들켰대. 아무튼 그 여편네 입 싼 건 알아줘야 한다니까."

촬영 장소에 몰려왔던 주부들은 촬영 중이라는 사실도 잊은 채 수다를 시작했다. 난처해진 신영일 PD는 카메라 감독에게 촬영을 중지하라는 신호를 내리고는 그녀들이 있는 곳에서 떨어져 나와 서준영을 불렀다. 방송 분량 문제가 있으니 인터뷰를 조금 더 따긴 해야겠지만 아무래도 지금은 아닌 것 같았다.

"야, 서준영. 잘 적고 있어?"

"녹음하고 있어요."

"근데 얘 축구 유망주 맞아? 축구 이야기가 별로 없는데?"

"그러게요……."

서준영은 머리를 긁었다. 어째 축구 천재의 이야기가 아니라 공부 천재의 이야기를 나누는 듯한 느낌이었다.

박순자 여사와 나눈 이야기 중엔 분명 자신이 확인한 내용도 들어 있었다. 일본으로 유학을 갈 때 나고야 그램퍼스라는 구단의 도움이 있었다는 이야기였고, 그건 나고야 그램퍼스 주니어 소속으로 대회 득점왕을 기록했다는 부분과 연결되는 내용이었다.

'근데 영국으로 간 건 그냥 유학이라고 했단 말이야.'

서준영은 순간 불안해졌다. 어쩌면 일본에서 득점왕을 하고 만족해 공부로 길을 틀어버린 걸지도 모른다는 생각이 들었던 것이다.

하지만 뒤이어 떠오른 내용은 그 불안을 조금이나마 억눌러 주었다. 분명히 아스날로 갔다는 내용이 있었다는 기억이 떠오른 덕분이었다.

설마 공부를 하러 아스날에 가지는 않았을 게 아닌가.

"야. 혹시 걔 축구를 그만두기라도 했으면 우리 완전히 물먹는 거야. 해외 유학생이 어디 한두 명이냐? 돈 좀 있는 애들은 그냥 다 가는 게 해외 유학이야."

"그럼 돈 없는데 실력으로 해외 유학을 간 애라고 포장해서 방송하면 되죠."

"인마. 그래서 어디 시청률 끌겠냐? 너 나 목 잘리는 꼴 보고 싶어서 그래?"

서준영은 움찔했다. 신영일 PD의 표정이 워낙 험악해져 있었기 때문이었다.

"아니, 뭐… 그거야 최악의 상황을 가정한 거죠. 어쨌거나 일본에서 득점왕도 한 애고……."

"그래서?"

"정 안 되면 축협을 까면 되잖아요. 일본에서 득점왕을 기록한 애가 축협의 도움을 못 받아서 축구를 포기했다는 내용으로 바꾸면 이슈 좀 될걸요?"

"어, 그건 좀 마음에 든다."

신영일 PD는 표정을 풀었다. 그런 전개라면야 폭발적인 반응을 기대할 수 있을지도 몰랐다.

안도한 서준영은 급히 말했다.

"일단 축구부 감독이나 만나보죠?"

*　　　　*　　　　*

경신 초등학교 축구부는 이미 해체된 후였고, 축구부 감독이었던 조중연은 야구부 감독 겸 고문이 되어 있었다. 취재를 나온 KBC 취재진들로서는 당황을 금할 수 없는 상황이었다.

"축구부 감독이 야구부 감독이 될 수가 있나?"

"글쎄요……"

카메라 감독은 머리를 긁었다.

"안 될 건 없지만 당황스럽긴 하네요."

"그렇지?"

신영일 PD도 그와 비슷한 생각을 했다. 아무리 초등학교라도 무리가 아닌가 싶었다.

"여기서 건진 건 하나도 없네."

"그러게요."

서준영은 그의 말에 동의를 표했다. 조중연을 만나 이야기를 나눠보긴 했지만, 민혁은 그가 부임한 지 얼마 되지 않아서 일본으로 갔다는 이야기만 들었던 것이다.

"축구부원이었다는 애들이나 만나러 가볼까?"

"지금 야구부 된 애들요?"

서준영은 말하다 말고 고개를 저었다. 하루아침에 축구부원에서 야구부원이 된 아이들을 생각하니 헛웃음이 나올 지경이었다.

"아니, 걔들 말고. 아예 운동 때려치운 애들."

"아, 걔들요?"

"그래. 지금 야구부 된 애들은 감독 눈치 보느라 말을 못하고 있는 게 있을지도 모르니까."

"그러고 보니 좀 이상하긴 하네요."

"뭐가?"

"그 민혁이란 애를 축구부에 데려온 감독 말이에요. 그 감독에 대해서 물어봤는데 대답하는 사람이 아무도 없더라고요."

"지금 감독 눈치 보느라 그런 거겠지."

신영일 PD의 말은 정확한 지점을 찌르고 있었다. 야구부에 남은 아이들은 조중연의 눈치를 보지 않을 수 없는 아이들이라, 이전의 감독인 양주호에 대해서는 말을 아끼는 게 당연했다.

"근데 명단도 없는데 어떻게 알아보시려고요?"

"어제 그 아줌마들 있잖아. 질문 하나 던지면 교장 머리카락 개수까지 알아서 말해줄 것 같던데?"

그 말은 서준영의 공감을 끌어냈다. 그 아줌마들이라면 어떻게든 전임 감독에 대해 알아다 줄 거라는 확신까지 들게 될 정도였다.

그렇게 물어물어 찾아낸 전 축구부원을 통해 양주호 감독에 대해 알아낸 취재진은 그가 있다는 은평구로 차를 돌렸다.

*   *   *

민혁은 혀를 내둘렀다. 제이 보스로이드와 레온 브리튼 등이 포함된 잉글랜드 16세 이하 대표 팀이 스페인 대표 팀과의 친선전에서 4 대 0으로 대패를 했다는 소식을 들었기 때문이었다.

'지금 16세 이하 팀이면 대충 1981년생부터일 텐데……'

1981년생 스페인 선수 중에서 가장 유명한 건 다비드 비야와 사비 알론소지만, 그 둘은 20살이 다 되어서야 스페인 대표에 뽑혔다.

그아호 드립으로 유명한 호아킨이나 비센테 등은 있었을지도 모르겠지만…….

"보스로이드랑 브리튼은요?"

"출전 못 했어. 걔들은 대표 팀에선 주전이 아니거든."

민혁은 고개를 끄덕였다. 주전들이야 그들보다 한 살 많은 선수들이 차지할 터였다. 아무리 기술이 좋고 축구 지능이 높아도 피지컬적인 문제는 극복하기 어려운 탓이었다.

예전엔 머리로만 알던 민혁이지만, 아스날 16세 이하 팀으로 월반을 한 지금은 그걸 몸으로도 느끼고 있었다. 경기의 판세를 읽는 능력이나 기술적인 능력은 그 누구보다도 좋다고 자부하는 민혁이지만, 연습경기를 한 번 할 때마다 완전히 지쳐서 나가떨어진 적이 한두 번이 아니었다.

'아, 진짜 벌크 업을 하던가 해야지.'

민혁은 고개를 절레절레 저었다. 올해부터 피지컬 훈련에 들어가려고 생각은 했지만, 도대체 얼마나 해야 하는지는 감이 잘 잡히지 않아서였다.

"음… 스페인 쪽이 나한테는 더 잘 맞았으려나."

지금 생각해 보면 잉글랜드 무대보다 스페인 무대가 적성에 맞았다. 웨스트햄을 제외하곤 모조리 피지컬 위주로 밀어붙이는 잉글랜드 축구계는 유럽인에 비해 피지컬 성장이 더딘 민혁이 견디기엔 다소 어려움이 있었다.

하지만 스페인이라면 이야기가 달랐다. 이니에스타와 사비, 그리고 다비드 실바와 산티아고 카솔라 등등이 무사히 성장한 리그가 아닌가.

"스페인으로 갈 방법이라도 찾……."

무의식적으로 말했던 민혁은 코치의 시선을 느끼고는 어색하게 웃었다. 그나마 한국어로 말해서 다행이었다.

"뭐라고 한 거야?"

"스페인 무섭다고요."

"그럼 뭐 해. 월드컵 우승도 못 한 나란데."

민혁은 어색하게 웃었다. 하기야 스페인은 아직 무관의 제왕이라 불리는 나라였으니 그런 말을 못 할 이유는 없지만, 사비와 이니에스타를 주축으로 전 세계를 호령하던 스페인을 기억하는 민혁으로서는 쉽사리 동의가 되지 않았다.

"그래도 유로 우승이랑 준우승은 하나 있잖아요."

"중요한 건 월드컵이야. 우리도 1966년에 우승 하고 나서야 종주국 체면을 세웠으니까."

민혁은 떨떠름한 표정을 지었다.

'그 우승 완전 승부조작 아닙니까.'

1966년 잉글랜드 월드컵은 막장스런 진행의 결정판이었다.

8강전에서 아르헨티나의 주장을 언어폭력을 이유로 퇴장시킨 서독 출신의 심판은 스페인어도 할 줄 몰랐다. 개최국인 잉글랜드를 위한 억지 판정임이 명확하게 드러나는 일화였다.

거기에 결승전에서 있었던 일은 한술 더 떴다. 골대 상단을 맞고 지면에 튕긴 공을 골로 인정해 우승을 도둑질한 것이다.

심지어 우승국인 잉글랜드에서조차 '그 슛은 골이 될 수 없었다'라는 연구 결과까지 나올 정도였다. 바로 2년 전인 1995년의 일이었다.

물론 이후에 잉글랜드가 한 골을 추가해 논란의 여지를 줄이긴 했지만, 그 골이 인정되지 않았더라면 결과는 많이 달라졌을 가능성이 있었다. 오심으로 인해 흥분한 서독 국가대표팀이 평정을 유지하지 못하는 건 당연했으니까.

하지만 그걸 잉글랜드인 앞에서 말할 수는 없었다.

그 잉글랜드인이 자신의 코치라면 더더욱.

"근데 넌 왜 연락이 없어? 한국이 그렇게 축구를 잘하는 나라도 아니잖아."

"그러게요."

민혁은 자기도 이해할 수 없다는 표정으로 두 손을 살짝 들어 올렸다. 정말로 축협이 자신의 존재조차 모르고 있으리라고는 상상하지 못했던 탓이었다.

그 무렵.

양주호와의 인터뷰를 마친 KBC 휴먼 히스토리 촬영진은 히드로 공항에 발을 디뎠다.

*　　　　*　　　　*

"윤, 한국에서 손님이 왔어."

"…네?"

민혁은 당황을 감추지 못했다. 한국에서 자신을 찾아올 사람이 있나 싶어서였다.

'설마… 엄마?'

잠깐 그런 생각을 했던 민혁은 고개를 저었다. 자신의 어머니 박순자 여사는 비행기에 대한 막연한 공포를 가지고 있었다. 그 공포감 때문에 가까운 일본에도 오가지 못할 정도였으니, 20시간 이상 비행기를 타야 하는 런던으로 올 리 없었다.

"누구예요?"

"방송국."

"네?"

"방송국이래."

민혁은 황당함에 빠져 딕슨을 보았다.

"방송국요?"

"이야기 다 된 거 아니야?"

"아닌데요."

딕슨과 민혁은 동시에 당황했다.

"아니, 왜 구단에서 안 막았어요? 보통은 막잖아요?"

민혁은 옆에 서 있던 코치에게 따져 물었다. 어떻게든 인지도를 높여야 하는 하부 리그의 구단이면 모를까, 아스날 정도의 명문 구단은 보통 TV나 라디오 등의 매체에 유소년 선수가 나가는 걸 싫어했다. 어릴 때부터 방송에 출연하고 관심을 받게 되면 스타병에 걸리게 된다는 게 이유였다.

"글쎄. 한국에서 왔다고 해서 안 막은 거 아닐까?"

"으……"

민혁은 머리를 쥐어뜯었다. 아마도 민혁이 향수병에 걸릴 걸 염려한 구단이 고향 사람들을 만나게 해주겠다는 이유로 허락을 한 모양이었다.

이른 바 쓸데없는 배려였다.

'이거 좀 곤란한데.'

민혁은 입술을 살짝 물었다. 민혁이라고 해서 유명해지는 게 싫을 까닭이야 있겠냐만, 방송에 출연했다가는 어머니인 박순자 여사에게 축구를 하러 왔다는 사실이 들키게 된다는 게 문제였다.

"그래서. 돌려보내?"

"…잠깐만요."

고민하던 민혁은 만나겠다는 답변을 주었다. 어떻게든 돌려 보내지 않으면 곤란해질 일이라, 설득이건 협박이건 동원해서 촬영을 포기하게 해야만 했다.

그로부터 얼마 후.

민혁의 생각을 알 리 없는 촬영 팀이 안으로 들어왔고, 그들을 이끄는 신영일 PD는 민혁에게 다가가 인사를 건넸다.

"안녕."

민혁은 대답 대신 한숨만 쉬었다. 어째 반응이 신통치 않음에 당황한 신영일 PD지만, 그래도 방송 15년 짬밥은 어디 가지 않는지 금세 당황을 지우며 말을 이었다.

"KBC 휴먼 히스토리의 신영일 PD야. 이쪽은 우리 작가고."

"서준영이다. 반가워."

"아, 네……."

민혁은 서준영이 내민 손을 잡았다. 그래도 연장자가 악수를 청하는데 무시할 수는 없었다.

하지만 속내는 겉모습과 전혀 달랐다.

'그냥 좀 가라.'

민혁은 대놓고 귀찮다는 표정을 지었다. 하지만 촬영진은 그 표정을 훈련에 의한 피로로 느꼈다. 설마하니 방송에 나오는 걸 귀찮아하리라고는 생각하지 못한 탓이었다.

"그럼 일단 인터뷰를 진행할 건데. 여기 대본 중에서……."

"저 인터뷰하고 싶은 생각 없는데요."

"왜?"

민혁은 움찔했다. 영국에서 축구를 하고 있는 걸 어머니께 들키고 싶지 않다고 말하기는 너무도 구차했다.

"알려지면 이것저것 귀찮아서요. 혹시 나중에 망하기라도 하면 욕만 엄청 먹을 거 아니에요."

물론 망할 거라는 생각은 조금도 없었다. 처음 회귀를 했을 땐 솔직히 불안한 느낌도 가지고 있었지만, 이미 일본과 아스날 유스에서의 두어 달을 보내며 자신의 재능에 대해서 확신을 가진 후였다.

정말 말도 안 되는 사고만 일어나지 않는다면, 어쩌면 발롱도르 후보까진 오를 수 있으리라.

'메시랑 호날두 두 놈 때문에 발롱도르는 무리겠지.'

민혁은 쓴웃음을 물었다. 한 시즌에 50골씩 넣는 놈들을 도대체 어떻게 이기나.

"설마. 조지 웨아를 길러낸 감독님이 데려오신 거라며?"

"그렇긴 하죠. 아무튼 뭐라고 해도 인터뷰 안 할 거니까 그냥 가세요."

촬영진의 표정은 급격히 나빠졌다. 여기까지 와서 그냥 가라니, 이게 어디 말이나 되는 소린가.

그런 분위기를 느낀 민혁은 그들 못지않게 나빠진 표정으로 말했다.

"제 인터뷰라고 편집해서 나가면 고소할 거예요."

"고, 고소?"

"동의 없이 얼굴을 공개하는 건 불법일 텐데요. 초상권 침해잖아요?"

"아니, 야……."

"분명히 말했어요. 제 인터뷰랍시고 나가면 소송전 각오하세요."

민혁은 말을 잃고 굳어버린 촬영진에게서 멀어져 훈련장 안쪽으로 들어가 버렸다. 인터뷰는 절대 하지 않겠다는 의지의 표명이었다.

그리고 신영일 PD는 오기를 느꼈다.

"야, 서준영."

"네?"

"이번 촬영 비편집본 다 꺼내."

"네?"

서준영은 눈을 깜박였다. 갑자기 무슨 소린가 싶어서였다.

신영일 PD는 주먹까지 꽉 쥐며 말을 이었다.

"이번 촬영 3부작으로 만든다."

"갑자기 왜요?"

"저놈이 내 자존심을 건드렸어."

서준영은 고개를 저었다.

"촬영 분량 부족해서 안 돼요. 쟤 인터뷰 못 따면 40분 다 채우기도 힘들걸요?"

"주변 인물 인터뷰 늘리면 돼. 여기서 한 300분 찍고, 한국 돌아가서 한 바퀴 더 돌면서 200분 추가하자고. 그래서 편집 하면 40분짜리 3부작 충분히 나와."

"경기 영상은 어쩌시려고요? 얼굴 나오면 고소한다잖아요."

"설마 진짜 하겠어?"

"애가 그냥 하는 말 같지는 않던데요. 혹시 에이전트가 그 렇게 말하라고 시킨 거 아니에요? 그런 거면 엄청 골치 아파 지는데."

"음……."

잠깐 생각을 정리한 신영일 PD는 대수롭지 않다는 표정으 로 말했다.

"구단 협조 받으면 돼. 구단에서 찍은 영상을 허락받고 쓴다는데 지가 뭐 어쩔 거야."

"하여튼 잔머리 굴리는 건 알아줘야 한다니까."

"뭐, 인마?"

서준영은 다급히 손사래를 치며 입을 열었다.

"자, 잠깐 말이 헛나온 거죠. 근데 구단 허락은 받을 수 있어요?"

"여기 한국엔 인지도 별로 없잖아. 우리 공영방송이니까 공중파로 나간다고 설득하면 되지 않겠어?"

"글쎄요……."

"됐어. 일단 말이나 해보자."

신영일 PD는 촬영진을 끌고 사무실로 향했다. 만약 설득이 안 되면 도둑 촬영을 해서라도 방송에 내보내고 말겠다는 의지가 불타는 표정이었다.

그로부터 두 달 후.

민혁은 한국에서 걸려온 전화를 받고 머리를 쥐어뜯었다.

*   *   *

"아니, 엄마. 그거 다 사기예요. 나 친구들이랑 축구하는 거 찍어 가서 마음대로 편집한 거라니까요."

민혁은 쩔쩔매며 다시 한번 사기를 시도했다.

하지만 박순자 여사는 쉽사리 속지 않았다. TV 휴먼 히스토리에 나온 내용은 민혁을 축구에 미친 축구 천재로 포장하고 있었고, 초반에 나온 양주호 감독의 증언과 일본에서 찍은 나고야 그램퍼스 주니어 코치진의 증언이 준 임팩트가 너무 강했다.

거기에 그램퍼스 주니어에서 보관하고 있던 경기 영상과 8경기 18골로 득점왕을 했다는 내용이 40분 방송 중 25분을 차지하고 있었으니, 누가 봐도 축구와 관련된 내용이라고 생각할 수밖에 없었다.

그리고 하나 더.

다음 편 예고 장면으로 나온 인터뷰도 박순자 여사의 분노에 불을 지폈다.

—방송 보니까 니 친구라는 애가 프로 될 거라고 그러더라! 근데 무슨 편집이야 편집이!

그녀가 말한 건 저스틴 호이트의 인터뷰였다.

나름 민혁의 절친이라 할 수 있는 저스틴 호이트는 KBC 취재진과의 인터뷰에서 미래에 대한 야망을 입 밖으로 꺼냈고, KBC 휴먼 히스토리 팀은 그 내용 중간에 민혁과 관련된 이야기를 끼워 넣어 저스틴이 밝힌 야망이 민혁의 야망인 것처럼 보이게 했다. 일종의 편집 사기를 친 셈이었다.

"그거야 걔가 프로가 되고 싶다고 한 거죠!"

민혁은 필사적으로 변명을 늘어놓았다. 아직 청소년 대표에도 못 뽑혔는데 집으로 끌려갈 순 없었다.

적어도 청소년 대표 정도는 되어야 어머니도 인정을 하지 않겠나.

—야! 너 엄마가 우습게 보이냐? 내가 그런 거짓말에 속을 것 같아!

"아니, 진짜……."

민혁은 답답하다는 듯이 한숨을 내쉰 후 말을 이었다.

"엄마… 그게 진짜면 내가 방송에 나왔죠. 근데 안 나왔잖아요."

—안 나오긴 뭘 안 나와! 너 축구하는 모습 엄청 많던데에에에에!

박순자 여사는 특유의 째지는 목소리로 소리 질렀다. 민혁으로서는 당장 전화기를 내려놓고 귀를 막고 싶어지는 순간이었다.

—내가 너 공부하라고 거기 보냈지 축구하라고 보낸 줄 알아!

"아, 진짜. 그 방송에서 내가 마이크 잡고 이야기한 거 없었잖아요!"

박순자 여사는 잠시 말을 멈췄다. 그러고 보니 민혁이 카메라를 보며 말을 한 장면은 없었다.

하지만 혼란은 잠깐이었다.

—네가 말 안 하면 뭐 해! 다들 그렇게 이야기하는데!

"방송이라고 다 맞는 거 아니잖아요. 그 누구지? 엄마 고향에 사는 아줌마 TV에 나온 것도 다 왜곡이라고 했잖아요. 그거랑 똑같다니까요."

─아줌마? 누구?

"왜 그 있잖아요. 20년 동안 더덕만 먹고 살았다고 나왔던 아줌마요. 근데 그 아줌마 원래 고기 없으면 밥 안 먹는 사람이라면서요."

박순자 여사는 잠깐 말을 멈췄다. 그러고 보니 예전 그 방송을 보며 방송국을 욕했던 기억이 있었다.

그녀는 반신반의하는 목소리로 작게 물었다.

─진짜 공부 안 하고 축구만 하는 거 아니야?

"아니라니까요. 그 사람들이 시청률 좀 잡아보겠다고 사기 친 거라고 몇 번을 말해요."

민혁은 강하게 밀어붙였다. 박순자 여사의 목소리가 한풀 꺾인 지금이 기회였다.

"나 일본에서 여기로 데려온 분이 경제학 석사예요. 프랑스에서 손꼽히는 대학을 졸업하신 분이라고요."

─…그래?

"응. 스트라스부르 대학교라고, 프랑스에서 제일 큰 대학이거든요? 못 믿겠으면 진영이 형한테 연락해서 알아보라고 해 봐요."

민혁은 사촌 형을 팔아 안위를 챙겼다.

―근데 너 영국에 있다며. 왜 프랑스 대학 나온 사람한테 배워?

"아, 엄마… 한국에서도 미국 대학 나온 사람이 교수도 하고 그러잖아요."

박순자 여사는 자기도 모르게 고개를 끄덕였다. 그러고 보니 서울대 박사보다 하버드 박사를 더 높게 쳐주지 않던가.

"프랑스에서 제일 큰 대학이 서울대보다 못할 것 같아요?"

박순자 여사는 공격을 멈췄다. 선진국 프랑스에서 제일 큰 대학이라면 서울대보다 나아도 한참 나을 거라는 믿음 때문이었다.

그런 곳에서 학위를 받은 사람이 아들을 데리고 갔다는데 축구는 무슨 얼어 죽을 놈의 축구겠는가.

―그래, 우리 아들. 공부 열심히 하고 밥도 잘 먹고, 아무튼 열심히 해야 된다.

"네, 네. 알았으니까 이제 끊어요. 여기 밤이라 자야 내일 학교 갈 수 있어요."

―그럼 일찍 말하지! 난 거기 아직 낮인 줄 알았어!

"괜찮으니까 끊어요. 저 자러 갈게요."

박순자 여사는 황급히 전화를 끊었다. 잠을 설쳤다가 공부에 지장이라도 있으면 안 되는 일이다.

그렇게 통화가 끝난 후, 민혁은 한국이 있는 방향을 노려보며 이를 갈았다.

"두고 보자, KBC……."

민혁은 주먹을 굳게 쥐었다. 생각 같아서는 당장 고소장을 넣고 싶지만, 법적으로 성인이 아니라는 점이 민혁의 발목을 붙잡았다.

방송국을 고소하려면 법적대리인의 동의가 있어야 하는데, 그랬다가는 박순자 여사가 모든 사실을 알게 될 게 뻔하기 때문이었다.

"으, 역시 에이전트를 구해야 하나."

에이전트가 있다면 박순자 여사나 아버지 윤수호 과장을 통하지 않고서도 법적인 대처를 할 수 있었다. 물론 에이전트를 선임하는 과정에선 그 두 사람의 동의가 필요하지만 말이다.

하지만 생각은 길게 이어지지 못했다. 훈련으로 인해 쌓인 피로에 박순자 여사와의 통화로 인해 생긴 정신적인 피로가 그를 괴롭히고 있었다. 몸과 마음이 전부 지쳤다는 이야기였다.

"아, 몰라. 일단 자고 내일 생각하자."

고개를 저은 민혁은 침대 위 베개에 머리를 묻었다.

*   *   *

"민혁 엄마, 진짜 너무하네."

"뭐가?"

박순자 여사는 집에 찾아온 이웃들의 이야기에 고개를 갸웃했다. 도대체 자신이 너무하긴 뭘 너무했단 말인가 싶었던 것이다.

대답은 금세 흘러나왔다.

"아들이 TV에 주인공으로 나왔는데 어떻게 밥 한 번을 안 사? 소갈비는 무리여도 돼지갈비 정도는 사야 되는 거 아냐?"

"맞아, 맞아. 예고편 보니까 그… 아스 뭐지? 아무튼 그 큰 축구단에서도 민혁일 애지중지한다며."

박순자 여사는 못마땅한 표정을 지었다. 영국에서 열심히 공부를 하고 있는 애를 왜 축구하러 간 애로 포장을 해서 사람을 곤란하게 만드느냔 말이다.

"그 이야기 하지도 마. 우리 앤 공부하러 간 거라니까."

"그래도 대단하잖아. 혹시 알아? 민혁이가 국가대표 돼서 월드컵 나갈지."

"국가대표는 무슨."

박순자 여사는 코웃음을 쳤다. 축구를 하는 애들이 얼마나 많은데 취미로 축구를 하고 있는 민혁이 어떻게 국가대표가 되겠나 하는 생각이었다.

그 생각을 알 리 없는 재영 엄마는 시계를 힐끗 보고는 입을 열었다.

"그거 보니까 3부작이라더라. 오늘 2부 하는 날 아냐?"

"어, 그거 할 시간이야?"

"그러네. 벌써 6시야."

"TV 켜봐, TV."

"신경질 나니까 틀지 말래두!"

"에이, 그래도 민혁이 얼굴도 보고 좋잖아. 그냥 보자."

박순자 여사는 그 말에 역정을 그쳤다. 그러고 보니 민혁의 얼굴을 본 지도 한참은 된 느낌이었다.

방송은 이미 시작되어 있었다.

—영국에 온 우리는 아스날의 코치들을 만나보았다.

화면엔 휴먼 히스토리 취재 팀이 아스날의 홈구장인 하이버리를 찾아가는 장면이 나왔고, 그것은 이내 아스날에 소속된 코치의 얼굴로 바뀌었다.

영상에 나온 코치는 필 버트였다.

"어머, 어머. 잘생겼다."

주부들은 화면에 집중했다. 1회 차 방영분을 볼 때보다 한층 더 강렬한 집중력이었다.

TV에선 필 버트의 말이 흘러나왔고, 그 아래에 한글로 된 자막이 떴다.

—윤은 굉장히 뛰어난 재능을 가지고 있습니다. 아직 12살밖에 안 됐는데도 16세 이하 팀에 정식으로 소집이 될 정도

니까요.

—16세 이하 팀이면 그 이하는 다 들어가는 거 아닌가요?

신영일 PD의 질문이 끝나자, 통역을 통해 내용을 전해 들은 필 버트는 웃으며 손사래 쳤다.

—아닙니다. 보통은 14세, 15세가 주축이죠. 14살이 안 된 아이들은 보통 아카데미에서 훈련합니다. 가끔 월반을 하는 아이들이 있긴 한데 100명 중 두세 명이 될까 말까고요.

—그러니까 민혁이란 애가 그 100명 중 두세 명에 속한다는 거군요?

—네. 저희 아스날에서도 14살이 안 됐는데 16세 이하 팀에서 뛰는 건 세 명밖에 없습니다. 제롬과 저스틴, 그리고 윤인데, 솔직히 윤은 피지컬적인 문제만 없다면 18세 팀에서도 뛸 수 있다고 판단하고 있습니다.

필 버트의 모습은 그 화면을 마지막으로 사라졌다. TV를 보는 주부들의 얼굴에선 안타까움이 흘렀지만, 그의 모습이 다시 나오는 일은 없었다.

이윽고, 성우의 나레이션이 흘러나왔다.

—유럽의 명문 구단인 아스날의 코치들은 민혁을 유럽에

서도 보기 드문 천재로 판단하고 있었다.

화면은 다른 곳을 비추고 있었다. 한국 남쪽에 있는 도시와 그곳에 있는 경기장이었다.

―그렇다면, 세계 최강 브라질 선수들은 어떻게 생각할까?

주부들은 숨을 쉬는 것조차 잊은 채 화면에 집중했다. 자신이 아는 애가 TV에 나온다는 것만도 대단한데, TV에서 흘러나오는 평가가 하나같이 대단하다는 사실에 정신을 못 차릴 지경이었다.

―우리는 드래곤즈에서 활약하는 브라질 선수, 마시엘에게 민혁의 영상을 보여주었다.

마시엘(25세, 수비수)라는 자막과 함께, 노란색과 보라색이 섞인 유니폼을 입은 흑인 선수가 TV에 나왔다. 지금은 이제 막 한국에 온 선수였지만, 차후 K리그 베스트에 4번이나 이름을 올리게 되는 전설적인 수비수 마시에우 루이스 프랑쿠(Maciel Luiz Franco)였다.

촬영진이 보여준 화면을 뚫어져라 쳐다본 마시엘은 고개를 저으며 감탄을 토했다.

—몇 살이라고요?

—한국 나이로 13살입니다.

마시엘은 몇 번이나 'Inacreditavel(믿을 수 없군)'을 되풀이하고서야 촬영진의 질문에 대한 대답을 주었다.

—브라질에도 저 나이에 저만한 기술을 가진 선수는 드뭅니다. 물론, 펠레나 호마리우… 혹은 호나우두는 저 애보다 대단했겠지만, 그 정도가 아니면 이런 선수는 찾기 힘들죠. 아마 현 브라질 국가대표들도 이 나이에 이 정도 기술을 보이지는 못했을 겁니다.

그 말이 끝나자 화면이 다시 전환되었다. 이번에 나온 건 마시엘이 보던 민혁의 경기 영상이었다.

그 영상에 나온 민혁은 두 명 사이를 드리블로 뚫고 어시스트를 기록했다. 지난번 웨스트햄 유스 팀과 아스날 유스 팀의 경기였는데, 아스날에서 보관하고 있던 경기의 복사본을 얻어 편집한 부분이었다.

"어머, 어머. 저게 민혁이야?"

"그러네. 민혁이 맞네, 맞아."

"진짜 잘한다."

박순자 여사는 분노와 뿌듯함을 동시에 느꼈다. 분노는 아들인 민혁이 자신에게 거짓말을 하고 있는 걸지도 모른다는 점 때문이었고, 뿌듯함은 온몸으로 부러움을 표현하며 자신을 보는 이웃 주부들 때문이었다.

'아니, 그래도 안 돼! 민혁인 판사가 돼야 한다고!'

박순자 여사는 흔들리는 마음을 다잡았다. 부상이라도 한 번 당하면 끝나고 마는 게 운동선수 아닌가.

잠깐 들었던, 축구를 시켜도 괜찮지 않을까 하는 생각을 몰아낸 박순자 여사는 허리에 두 팔을 올린 채 인상을 쓰고 입을 열었다.

"우리 애는 영국에 공부하러 간 거라고 몇 번을 말해?"

"아무리 봐도 축구하러 간 것 같은데……."

"아니, 이 여편네가!"

박순자 여사는 기어코 역정을 냈다.

"우리 애 데려간 사람이 프랑스에서 제일 큰 대학에서 학위 받은 사람이야! 근데 축구는 무슨 얼어 죽을 축구야?"

"프랑스에서 제일 큰 대학? 그럼 거기 소르본느인가 뭔가 하는 데 아니야? 경희 엄마가 경희 보낼 거라고 그렇게 기를 쓰는."

"에이, 거긴 프랑스에서 제일 유명한 대학이지. 우리 형부가 젊었을 때 거기 가봤는데 그렇게 크진 않다고 하던데?"

주부들은 다시 자신들만의 세계에 빠져들었다. 하지만 그녀들의 여론은 민혁이 축구를 하러 갔다는 쪽으로 굳어지고 있었고, 발끈한 박순자 여사는 버럭 소리 질렀다.

"아무튼 공부하러 간 거라니까!"

"축구하러 간 것 같은데……."

"아니, 이 여편네가!"

박순자 여사는 막 말을 꺼낸 성민 엄마를 노려보았다. 옆에 있던 주부들은 이러다 싸움이 나지 않을까 싶어 전전긍긍하고 있었다. 아무래도 분위기가 심상치 않았다.

그 둘 사이에서 마른침을 삼키던 재영 엄마는 갑자기 손뼉을 마주치며 입을 열었다.

"그래. 통신으로 확인해 보면 되겠다."

"통신?"

"민혁 엄마, 여기 컴퓨터 있지?"

"없어. 민혁이도 없는데 컴퓨터가 어딨어?"

"그럼 우리 집에서 보면 되겠네. 우리 재영이가 하도 난리를 쳐서 컴퓨터도 사고 그 뭐냐, PC 통신인가 뭔가 하는 것도 신청했거든."

"그걸로 어떻게 알아본다는 건데?"

박순자 여사는 여전히 못마땅한 표정으로 물었다. PC 통신인지 뭔지는 모르겠지만 확실히 확인을 할 수 있다면 그것도 나쁘지 않았다. 그녀 역시도 조금은 찝찝한 느낌이 있어서였다.

"거기에 별의별 이야기가 다 올라온대. 그러니까 재영이 시켜서 민혁이랑 관련된 이야기 찾아서 확인하면 되지."

"잠깐만. 근데 영어를 알아야 되는 거 아냐?"

"경희 엄마 이대 나왔다며. 불러서 영어 해석 좀 하라고 하면 되지."

"부를 것도 없어. 영국에도 한국 사람들 있을 거 아냐. 거기 사는 한국 사람들이 써놓은 거 찾아서 보면 되지."

"아, 맞아. 그럼 되겠다."

합의를 끝낸 주부들은 재영 엄마를 따라 그녀의 집으로 향했다.

그녀들은 막 학교에서 돌아온 재영을 불러 방송에 나온 내용을 확인해 보았다. 대부분 방송 이후에 올라온 글이 대부분이라 내용을 확인하긴 어려웠지만, 그래도 유럽 축구에 관심을 가지고 있는 사람들이 종종 방송에 나온 내용을 보충해 주었다.

"민혁이 있는 팀 정말 대단한가 봐."

"그러게. 무슨 팬이 이렇게 많대?"

모니터를 보는 주부들은 혀를 내둘렀다. 마침 아르센 벵거가 부임해 아름다운 축구를 선보인 이후 급격히 팬이 늘어나는 시기라 한국에도 아스날의 팬들이 조금씩 생기고 있던 시점이었다.

귀찮다는 듯이 마우스를 움직이던 재영은 행동을 멈추고 입을 열었다.

"엄마, 여기 아스날 감독 프로필 나왔어요."

"프로필이 뭔데?"

"그… 아! 신상 명세요!"

"그래?"

주부들의 시선은 온통 그쪽으로 향했다.

그 직후.

박순자 여사는 굳은 얼굴로 화면에 표시된 내용을 읽었다.

"삼척 초등학교… 중퇴……?"

＊　　　＊　　　＊

민혁은 지끈거리는 머리를 누르며 말했다.

"아니, 엄마. 저 진짜 열심히 공부하고 있다니까요."

―너 자꾸 거짓말할래?

"네?"

―너 데려간 사람이 프랑스에서 학위 받은 사람이라며!

"그런데요?"

―삼척 초등학교 중퇴라잖아! 엄마가 얼마나 창피했는지 알
아?

"…네?"

민혁은 황당함에 사로잡혔다.

―너 어디서 엄마를 속이려고 해? 어?

"아니, 그게 무슨 말도 안 되는 소리예요! 프랑스 사람이 어

떻게 삼척 초등학교를 다닌다고!"

—내가 PC 통신인가 뭔가에서 다 확인해 봤다니까!

황당해하던 민혁은 뭔가를 떠올리곤 흠칫했다. 그러고 보니 특정 포털에 잘못 표시된 내용이 올라와 화제가 되었던 기억이 있었다.

'아니, 잠깐, 근데 그거 2000년대 이야기잖아.'

민혁은 혼란에 빠졌다. 2000년대에 있어야 할 사고가 왜 지금 터졌단 말인가.

하지만 지금 중요한 건 그 이유를 찾는 게 아니었다. 어차피 그 이유를 알 수 있는 방법도 없었고, 설령 그것을 알아낸다고 해도 박순자 여사를 지금 당장 진정시킬 수 있을 것 같지도 않았다.

"엄마… 진짜 그건 말도 안 되죠. 생각해 봐요. 우리 감독… 아니, 교수님이 1949년생이거든요? 그러니까 감독님이 한국에서 초등학교를 다니려면 전쟁 막 끝났을 때……."

—말이 안 되긴 뭐가 안 돼!

박순자 여사는 버럭 소리 질렀다. 아들에게 속았다는 생각에 머리끝까지 화가 치밀어 오른 상태였다.

민혁으로서는 황당함과 답답함을 도저히 이길 수 없는 상황이지만, 이런 상황을 바꿀 방법이 없었다.

"아니, 진짜라니까요! 진영이 형한테 물어보든가요!"

—그걸 왜 진영이한테 물어봐! PC 통신에 멀쩡히 나와 있는데!

"그럼 방송국에 전화해서 물어보든가요! 전화번호 받았을 거 아니에요!"

―뭐 하러 방송국에 전화를 해! 네가 거짓말하는 게 뻔한데!

"아니, 진짜… 내가 만약에 거짓말을 한 거면 다 때려치우고 한국 돌아갈게요. 그럼 되죠?"

―거짓말한 거면이 아니라 거짓말한 거 맞잖아!

민혁은 전화기를 내려놓고 싶은 열망에 빠졌다. 흥분해 버린 박순자 여사에겐 도저히 말이 통할 것 같지 않았다.

결국 민혁은 유혹에 져버렸다.

"아, 몰라요. 그냥 끊어요."

―야! 야! 윤민혁! 너 엄마가…….

수화기에서는 박순자 여사의 악 쓰는 소리가 흘러나왔다. 하지만 민혁은 그 소리에 아랑곳하지 않고 전화를 끊어버렸고, 그 상황에서 받은 스트레스로 머리가 지끈거리고 있었다.

한참 후에야 평정을 찾은 민혁은 이를 갈았다. 이 모든 사태의 원흉인 KBC 휴먼 히스토리 팀에 대한 분노가 들끓는 순간이었다.

그는 주먹을 불끈 쥐고 입을 열었다.

"내가 에이전트 찾아서 고소하고 만다."

*   *   *

"내가 못 살아 내가!"

민혁의 아버지 윤수호 씨는 지끈거리는 머리를 붙잡고 한숨을 쉬었다.

"여보. 이제 그만 좀……."

"당신 알았지!"

박순자 여사의 분노는 남편을 향했다. 이런 말을 듣고도 반응이 없는 남편의 모습에 의심이 들었고, 그 의심은 움찔하는 그를 보고는 이내 분노로 변했다.

"이 한심한 양반아! 애가 축구를 한다고 했으면 어떻게든 뜯어말렸어야지! 애 아빠라는 사람이 어떻게 그렇게 자식 앞날에 무신경해? 당신이 그러고도 아빠야? 어?"

잔소리를 듣던 그는 한숨을 쉬었다. 아홉 시까지 일을 하다 들어온 남편을 편하게 쉬게는 못 해줄망정 이러지는 말아야 하는 게 아닌가.

"그만 좀 하자. 응?"

"그만하긴 뭘 그만해!"

"여보. 나 진짜 피곤하거든? 그러니까……."

"피곤이고 나발이고! 지금 애 앞날이 걸렸는데 그깟 피곤이 문제야? 당신 진짜……."

그는 점점 가늘어지는 이성의 끈을 붙잡으려 노력했다. 하지만 박순자 여사의 잔소리는 가속도를 받기라도 한 것처럼 계속해서 강해졌고, 그것은 피곤에 지쳐 쓰러질 것만 같던 그의 참을성을 완전히 끝장내 버렸다.

결국, 한계를 느낀 그는 이성의 끈을 놓아버렸다.

쾅!

박순자 여사는 굳어버렸다. 평생 한 번도 싫은 소리를 하지 않던 남편이 무시무시한 표정으로 벽을 후려치는 모습에 넋이 빠질 지경이었다.

"다, 당신 지금……."

"내가 가장이야! 내가! 당신이 아니라 내가 가장이라고!"

박순자 여사는 깜짝 놀랐다. 남편이지만 한심한 구석이 있다고 생각했던 사람이 갑자기 호랑이가 되어버린 느낌이었다.

"아니, 내 말은 그러니까……."

"판사 엄마 소리 듣고 싶어서 그러는 거면 차라리 당신이 공부해! 당신이 공부해서 사법고시 패스하라고!"

"내가 나 좋으라고 이러는 거야? 다 민혁이 생각해서……."

"민혁이는 축구를 하고 싶다잖아! 민혁이 생각해서 그러는 거면 민혁이가 하고 싶다는 거 하게 해줘야 할 거 아냐!"

"아니, 내가……."

"시끄러워!"

박순자 여사는 움찔하며 눈을 피했다.

"그렇게 판사가 좋으면 당신이 공부해! 학비고 뭐고 다 내줄 테니까 당신이 하라고!"

"내가 어떻게 공부를 해… 민혁인 머리 좋지만 나는……."

"머리가 안 되면 노력을 하면 될 거 아냐! 민혁이한테는 노력하면 안 될 게 없다고 하면서 당신은 왜 못 해! 하면 된다며!"

"아니, 난 그냥……."

"빨리 말해. 공부할 거야, 말 거야?"

그는 계속해서 부인을 윽박질렀다. 그동안 쌓였던 것을 이번 기회에 풀어버리겠다는 속셈이 아닐까 싶을 정도의 맹공이었다.

'아니, 이 인간이…….'

울컥한 박순자 여사는 반격을 시도했다. 평소 한심하다고 생각했던 남편에게 이렇게 당하고 있을 순 없었다.

"그래, 윤씨들끼리 손잡고 아주 잘하는 짓이다."

"뭐, 뭐?"

"나 친정 갈 거니까 건드리지 마. 윤씨들 둘이서 잘 먹고 잘 살아봐. 어디 나 없이 잘 사나 보자고."

"아, 그래?"

민혁의 아버지는 숨을 한 번 들이켜고는 차가운 표정을 지으며 말을 이었다.

"당신, 이번에 나가면 다시는 집에 못 들어올 줄 알아."

박순자 여사는 마른침을 삼켰다. 저 표정과 눈빛은 절대 농담이 아니었다.

오늘, 그녀의 남편은 마치 그날의 구티와 같은 포스를 풍기고 있었다. 평소라면 그가 그러거나 말거나 무시했을 박순자 여사마저 기가 팍 눌려 버릴 정도로 위엄이 흘러내렸다.

그랬다.

오늘이 바로, 평생에 한두 번 온다는 윤수호 과장의 그날이었다.

"아니다. 내가 짐 싸줄 테니까 당신 여기서 가만히 있어. 당신은 친정 가고, 나도 짐 챙겨서 영국으로 가버릴 테니까 당신 여기서 잘 살아. 내가 생활비는 한 달에 백만 원씩······."

잠깐 말을 끊었던 그는 고개를 살짝 젓고는 이야기를 이어나갔다.

"···아니지. 어차피 같이 안 살 건데 그냥 이혼하자. 그럼 되겠네."

"뭐, 뭐?"

"당신 여기 잠깐만 있어."

그는 당황한 박순자 여사를 보지도 않은 채, 창고로 들어가 가방을 들고 나와 안방으로 향했다.

"다, 당신 뭐 하는 거야?"

"뭐 하긴."

그는 당황하는 박순자 여사를 표정 없는 얼굴로 보며 답을 주었다.

"당신 나간다며. 내가 짐 싸준다고."

"아니, 내 짐을 왜 당신이······."

"아, 내가 물건 만지는 것도 싫으시다?"

"그게 아니고······."

"그럼 당신이 싸. 20분 줄게."

"……"

"나간다며. 왜 짐을 안 싸?"

박순자 여사는 아무 말도 못 하고 바닥만 바라보았다. 그러자 그녀의 남편은 한 차례 숨을 길게 내쉬곤, 그제야 생각났다는 듯이 말을 뱉으며 몸을 돌렸다.

"맞다. 이 집 명의 당신 앞으로 돼 있지? 그럼 내가 나가줘야 하는 거네."

그는 옷걸이에 걸려 있던 셔츠를 낚아채 몸에 걸쳤다. 일말의 망설임도 보이지 않는 모습이었다.

정말로 나갈 거라곤 생각하지 못했던 박순자 여사는 당황해 외쳤다.

"여, 여보! 잠깐만!"

그는 그녀의 외침에도 아랑곳하지 않고 현관을 나섰다. 뒤도 돌아보지 않는 걸 보면 단단히 마음을 다잡은 모양이었다.

다급해진 박순자 여사는 그를 따라 나가며 소리 높였다.

"잠깐만 기다리라니까!"

*   *   *

─그렇게 됐다.

"…네?"

민혁은 눈을 깜박였다. 전화로 직접 듣고도 믿기 어려운 이야기였다.

"진짜요?"

—그래. 그러니까 이제 걱정하지 말고 하고 싶은 거 마음껏 해라.

민혁의 아버지는 그렇게 말하고는 전화를 끊었다. 어딘지 모르게 지친 것 같은, 하지만 개운함도 느껴지는 목소리였다.

신호음을 한참이나 듣던 민혁은 멍한 표정으로 수화기를 내려놓곤 고개를 갸웃했다.

'아버지가 웬일이지?'

민혁은 혼란에 빠져들었다. 언제나 어머니에게 죽어지내다시피 하던 아버지가 무슨 수로 담판을 지어 허락을 받아냈단 말인가.

하지만 거짓말을 하는 것 같진 않았다. 아버지가 자신에게 거짓말을 할 사람도 아닌 데다가, 목소리에서 느껴지는 일종의 승리감과 뿌듯함은 그의 말에 신빙성을 불어넣었다. 그건 힘든 싸움에서 이긴 사람만이 낼 수 있는 음색이기 때문이었다.

거기에 생각이 미친 민혁은 자기도 모르게 웃음을 물었다. 마음속에 남아 있던 짐을 하나 덜어낸 느낌이었다.

기분이 좋아진 민혁은 콧노래까지 부르며 밖으로 나섰다. 훈련장으로 향하는 걸음이었다.

'아, 날씨 좋다.'

하늘은 안개로 우중충했다. 북대서양에서 밀어닥친 수증기가 응결됐기 때문이었다.

"바람도 좋네."

바람은 스모그를 잔뜩 머금고 있었다. 아직 폐쇄되지 않은 켈로그 공장에서 내뿜은 매연이 섞여 있는 탓이었다.

그럼에도 민혁의 표정은 좋았다. 이런 현실을 부정할 정도로 세상이 아름답게 보이고 있었다. 아무 걱정 없이 축구를 할 수 있게 됐다는 생각이 불러온 기적이었다.

그런 상태로 훈련장에 들어가자, 훈련 일지를 가지고 나오던 돈 호우가 고개를 갸웃하며 민혁에게 물었다.

"윤, 뭐 좋은 일 있어?"

"네?"

"얼굴이 아주 폈는데?"

당황하던 민혁은 얼굴에 손을 댔다. 그러자 여느 때와 달리 근육이 풀어져 있는 게 느껴졌다. 아마 자기도 모르는 사이에 웃음이 새어 나온 모양이었다.

"어… 있긴 해요."

"그래? 뭔데?"

"어머니한테도 축구하는 거 허락받았거든요."

"응?"

민혁과 이야기를 나누던 18세 이하 팀 코치 돈 호우는 눈썹을 꿈틀거렸다. 어쩌면 문제가 될지도 모른다는 판단이 들어서였다.

"그럼 어머니는 너 축구하는 거 반대하셨던 거야?"

"아버지는 허락하셨죠."

"아, 그래……."

돈 호우는 그제야 굳었던 표정을 풀었다. 법적 보호자가 동의하지 않은 유스 계약은 문제를 만들 가능성이 높았다.

민혁은 부모님의 허락을 받고 일본을 거쳐 잉글랜드로 왔다고 들었기에 민혁의 사인만으로 계약을 한 케이스였다. 그런데 만약 법적인 보호자가 허락하지 않은 계약이었다면 뒤통수를 맞게 될 가능성도 있는 것이다.

물론 민혁의 말대로라면 그럴 걱정은 없지만, 그래도 뭐든 확실히 하는 게 좋았다.

"윤."

"네?"

"아직 에이전트 안 구했지?"

"네."

"어머님이 허락을 안 해서 못 구한 거야?"

"어… 그건 아니에요."

돈 호우는 콧잔등을 씰룩였다. 아무래도 민혁은 에이전트의 필요성을 느끼지 못하고 있는 것 같았다.

"윤."

"왜요?"

"하루라도 빨리 에이전트를 구해."

"왜요?"

"넌 부모님이랑 떨어져서 여기 왔잖아. 에이전트가 없으면 법적인 문제가 생길 수 있어."

민혁은 그제야 무릎을 쳤다. 회귀 전 수많은 계약을 경험했던 민혁이라 이번 계약도 자연스레 자신이 진행했지만, 이제 와서 생각해 보니 자신은 법적으로 미성년자라는 사실이 떠올랐다.

다시 말해, 적어도 4년 동안은 법적인 대리인이 있어야 한다는 이야기였다.

"그러네요."

"생각해 둔 에이전트 없으면 알아봐 줄까?"

민혁은 고개를 저었다. 멘데스나 라이올라 같은 초거물급 에이전트를 구할 생각은 없지만, 그래도 신뢰도도 보장할 수 없는 사람을 에이전트로 삼고 싶진 않았다.

구단에서 보증을 서주는 경우 신뢰도는 어느 정도 담보되겠지만, 그런 사람은 민혁 자신의 편이 아닌 아스날이라는 구단의 편에 설 가능성이 높았다. 만약의 경우 좋지 않은 조건에 동의를 해버릴 수도 있다는 뜻이었다.

"음… 조금만 생각해 보고 결정할게요. 어차피 에이전트 구하는 것도 부모님이랑 상의를 해보고 동의서를 받아야 법적으로 문제가 없잖아요."

"그건 그렇지."

돈 호우는 고개를 끄덕였다. 하지만 노파심 때문인지 한마디를 덧붙이는 건 잊지 않았다.

"그래도 빨리 구하는 게 좋을 거야."

"네네, 알았어요."

대답을 들은 그는 몸을 돌려 나갔다. 세 시간 후 있을 훈련 프로그램을 조정하기 위함이었다.

그가 나간 후, 민혁은 계속 걸어 훈련장 안으로 들어갔다. 왠지 오늘은 훈련도 잘될 듯한 기분이었다.

"윤, 무슨 일 있어?"

"응?"

"굉장히 기분 좋아 보이는데?"

"그래?"

민혁은 저스틴 호이트의 질문에 가볍게 웃었다. 하지만 그 내용까지 말해줄 생각은 없는지라, 그는 그냥 집에 좋은 일이 있다고 얼버무리며 공을 넘겼다. 패스 훈련 중이기 때문이었다.

"좋아, 잘했다."

필 버트는 손뼉을 두 번 쳐 패스 훈련을 끝냈다.

"이제 60분 남았지?"

"네."

"지금부턴 연습경기로 진행한다. 왼쪽이 A팀, 오른쪽이 B팀이다. A팀은 조끼 입고, B팀은 저기 가서 골대 옮겨라."

지시를 받은 선수들은 그에 맞춰 움직였고, 5분도 지나지 않아 연습경기가 시작되었다.

민혁은 연습경기에서 네 골을 기록해 모두를 놀라게 했다. 어시스트까지 생각하면 무려 다섯 개의 공격포인트를 기록하는 활약이었다.

"미친 거 아냐?"

훈련장의 모두는, 심지어 제 잘난 맛에 사는 제롬 토마스와 제이 보스로이드까지 당황한 눈으로 민혁을 보았다. 아무리 연습경기라지만 이제 막 월반을 한 사람이 한 경기에 네 골을 넣는 건 눈으로 보고도 믿기 힘들 정도였다.

그렇게 모두를 놀라게 한 민혁은 밝아진 얼굴로 훈련을 끝냈고, 샤워를 마치고는 곧바로 훈련장을 나섰다. 이 좋은 기분이 사라지기 전에 잠이 들면 개운하게 깨어날 수 있을 것 같았다.

그런 생각을 하며 밖으로 나가려던 민혁은 누군가를 발견하곤 고개를 살짝 모로 꺾었다. 어디서 본 것 같은 사람이 훈련장 주변을 서성이고 있었기 때문이었다.

설마설마하던 민혁은 입을 살짝 벌리고 그를 불렀다.

"…코치님?"

9

에이전트

　민혁은 훈련장 앞 맥도널드 매장에서 콜라를 마시며 중얼 거렸다. 왜 영국은 감자튀김마저 이렇게 맛이 없는지 도저히 이해할 수 없었다.

　다른 거라면 다 이해할 수 있지만, 피쉬 앤 칩스의 나라가 이래도 되느냔 밀이다.

　"그래, 그동안 어떻게 지냈냐?"

　"저야 잘 지냈죠."

　대답을 마친 민혁은 콜라를 한 모금 더 마시며 눈앞의 사내 를 바라보았다.

　모아시르 페데네이라스. 나고야 그램퍼스 주니어에 있을 때

신세를 졌던 브라질 코치였다.

"근데 코치님은 왜 여기 있어요?"

"어? 나?"

모아시르는 갑자기 말을 멈추고 우물쭈물했다. 아무래도 당당히 말하기 힘든 일이 있는 것 같았다.

"사고 쳤어요?"

"아니, 사고를 친 건 아니고……."

"그럼요?"

"…잘렸어."

모아시르는 한숨을 쉬었다. 민혁은 사고를 친 것도 아닌데 왜 잘렸느냐고 물으려다 모아시르의 표정을 보고는 입을 다문 채 감자튀김에 손을 뻗었고, 갈색을 넘어 고동색으로 변해버린 그것을 보고는 차마 입에 넣지 못하고 다시 내려놓았다. 저런 걸 먹었다간 암에 걸려 죽을 것 같았다.

그동안 탄식을 흘리던 모아시르는 자세한 내용을 말해주었다.

"감독님이 일 그만두고 브라질로 가셨는데, 내가 그 후임이 됐거든?"

"감독님은 왜요?"

"향수병. 원래부터 조금 있긴 했는데 브라질 갔다 와서 점점 심해졌어."

"아……."

민혁은 납득했다. 선수로 일본에서 생활하던 사람이 브라질에서 카니발 맛을 한 번 보고 오더니 향수병에 제대로 걸려 버린 모양이었다.

"아무튼, 그래서 몇 달 감독으로 지내고 있었는데……."

"성적이 안 좋았군요."

"응."

모아시르는 두 손으로 머리를 감싸 쥐었다. 인생 패배자나 보일 법한 모습이었다.

"어땠길래요?"

"대회 본선 진출 실패."

"…아니, 그 정도야 있을 법한 일이잖아요. 한 현에서 한 팀밖에 못 나가는데 그거 좀 실패했다고 잘리는 게 말이 돼요?"

"5위 했어."

"네?"

민혁은 눈을 깜박였다. 아무리 그래도 현 내 5위는 좀 심하지 않나 싶어서였다.

"아이치 현에서 한 8개 팀 정도 나오지 않아요?"

"작년엔 9개였어."

"아, 네……."

자존심을 조금이라도 세우려던 모아시르의 이야기는 측은함만 불렀다. 9개 팀 중 5위라면 딱 중간에 위치했다는 이야기가 아닌가.

전국 우승을 차지했던 팀. 그것도 민혁을 제외한 나머지는 모두 있는 팀이라는 걸 생각하면, 그건 정말 납득이 안 되는 성적이었다.

"그래서 여기 오신 거예요?"

"응. 일본에 몇 달 더 있긴 했는데 일자리를 못 구해서. 브라질로 가려다가 혹시 감독님 통해서 일자리 얻을 수 있을까 하고 와봤지."

민혁은 고개를 끄덕였다. 그래도 일본에서 안면을 익힌 벵거와 모아시르니, 유럽 명문 팀 감독이 된 벵거에게 도움을 받아 유소년 코치 자리 하나 정도 얻을 수 있지 않을까 하는 것도 이상하진 않았다.

모아시르는 민혁의 눈치를 잠시 살피다 본론을 꺼냈다. 그를 이곳으로 찾아오게 한 이유였다.

"너 감독님하고 친하지?"

"음… 친하다고 하긴 좀 그런데 안 친하다고 하기도 좀 그렇죠."

민혁은 살짝 아쉬움을 느꼈다. 벵거의 도움으로 축구를 하고 있다는 점만은 분명하지만, 그래도 생각한 것에 비해 벵거와 별로 친해지진 못했다.

아마도, 아직 16세 이하 팀이라 벵거와의 접점이 별로 없는 탓일 터였다.

'적어도 18세 이하 팀 에이스는 되어야 자주 보겠지.'

민혁은 고개를 끄덕였다. 1군 팀 감독이 16세 이하 팀에까지 신경을 쓰는 건 아무래도 무리였다.

그래도 접점이 아예 없지는 않았다. 벵거는 1군을 감독하면서도 매달 유소년 팀원들에 대한 리포트를 받아 보았고, 그때마다 민혁에 대한 부분도 주목하고 있다고 했다.

리엄 브래디나 필 버트의 공치사일지도 모르는 일이지만, 민혁은 그 말에 과장은 있더라도 거짓은 아닐 거라 판단하고 있었다. 로리벵거라고 불릴 정도로 유소년을 중요시하는 아르센 벵거라면 충분히 개연성이 있으니 말이다.

"근데 그건 왜요?"

"왜긴 왜야. 감독님한테 나 추천 좀 해달라는 거지."

"여기 코치 안 구해요."

"그래?"

모아시르는 실망스러운 표정을 지었다. 감독이 바뀐 팀은 그 아래의 코치들도 물갈이되는 경우가 많기에, 어쩌면 유소년 코치 자리가 비어 있을지도 모른다고 생각하고 있었기 때문이었다.

"어디 라이센스예요?"

"브라질에서 프로 생활 하면서 땄으니까 CONMEBOL지."

"C?"

"B."

"오……."

민혁은 새삼스럽다는 표정으로 그를 보았다. 잘해야 12세 이하 팀만 가르칠 수 있는 C 라이선스 아닐까 싶었지만, B 라이선스라면 15세 이하 팀의 코치는 물론 세미프로 단계의 팀을 감독할 수 있는 자격도 주어졌다.

"근데 CONMEBOL 자격증이면 남미축구연맹에서 주는 거죠?"

"그렇지."

"그거 일본에선 먹혀도 유럽에선 잘 안 먹힐 텐데."

모아시르는 인상을 구겼다. 하지만 민혁의 말에 틀린 점은 하나도 없었다. 물론 남미축구연맹에서 주는 CONMEBOL 라이선스는 UEFA에서 발급하는 라이선스와 동급으로 취급되지만, 아무래도 유럽에서는 CONMEBOL보다 UEFA 라이선스를 조금 높게 보는 경향이 있었다. 유럽 축구와 남미 축구 사이의 미묘한 자존심 싸움 때문이었다.

게다가 유럽엔 UEFA 라이선스를 가진 코치가 발에 채일 만큼 많았다. 2만 명 정도 들어오는 경기장의 관객들 중에서도 UEFA 라이선스를 가진 사람은 한두 명씩 꼭꼭 나올 정도였으니, CONMEBOL B 라이선스를 가진 모아시르가 영국에서 코치로 생활하긴 어려울 것 같았다.

"난감하네."

"그냥 브라질로 가는 건 어때요? 거기도 코치는 구할 거 아니에요?"

"브라질 임금 체불이 얼마나 심한데. 내가 일본에 간 것도 임금이 체불돼서야."

"아… 그랬죠, 참."

민혁은 머리를 긁었다. 그런 경험이 있는 사람이라면 아무리 고향이라도 가고 싶지 않을 터였다.

그러던 민혁은 문득 든 생각에 입을 열었다.

"잠깐, B 라이선스라고 했죠?"

"응."

"그럼 계약이라든가 선수 관리 같은 것도 공부했겠네요?"

"그걸 했으니까 B를 땄지."

조금 더 생각을 정리한 민혁은 그를 보며 말했다.

"…차라리 이러는 건 어때요?"

*　　　　*　　　　*

모아시르는 민혁의 에이전트가 되었다. 하지만 코치 자격증과 에이전트 자격증은 별개였고, 때문에 모아시르는 FIFA 에이전트 라이선스를 따기 위한 공부를 해야 했다.

다행히 그동안의 숙식은 해결되었다. 민혁과 관련된 법적 문제를 고민하던 아스날 측에서 모아시르의 숙식을 해결해 주기로 한 덕분이었다.

그렇게 두 달.

머리를 싸매고 공부를 하던 모아시르는 결국 자격을 얻어냈다. 합격률이 50%가 되지 않는 시험인 데다 영어로 진행이 된 시험임을 생각하면 기적이나 다름없는 성과였다.

그러나 정식 에이전트가 되기엔 높은 벽이 남아 있었다. FIFA 계좌에 20만 스위스 프랑을 예치해야 정식 에이전트로 활동할 수 있는데, 모아시르에게는 그만한 돈이 없었다.

코치들을 통해 그것을 알게 된 아르센 벵거는 흔쾌히 그 돈을 빌려주었다. 모아시르로서는 생각지도 못한 행운이었다.

"감독님 통이 크시네요."

"그러게."

민혁과 모아시르는 벵거의 씀씀이에 감탄했다. 어차피 보증금 개념이라 돌려받을 수 있는 돈이라곤 하지만, 그래도 1년 정도 같이 일했을 뿐인 모아시르에게 그런 거금을 선뜻 빌려주었다는 건 아무나 할 수 있는 일이 아니었다.

그런 우여곡절을 거쳐, 모아시르는 민혁의 에이전트가 될 수 있었다. 한국에 있는 민혁의 부모님도 그가 민혁의 에이전트가 되는 데 동의했다는 서류를 팩스로 보냈고, 덕분에 아스날의 코치진도 한결 마음을 놓을 수 있었다.

하지만 모아시르의 문제는 끝나지 않았다. 아직 유소년 계약을 했을 뿐인 민혁의 에이전트만 해서는 런던에서 생활을 하기엔 무리가 있어, 그는 하이버리 앞 맥도널드에서 시간제 아르바이트까지 뛰어야 했던 것이다.

그런 생활을 보낸 지 한 달.

모아시르는 초췌한 표정으로 테이블에 손을 뻗다 감자튀김을 보고는 움찔해 버렸다. 하루 8시간씩 감자를 튀기다 보니 보는 것만으로도 숨이 막힐 지경이었다.

"감자 또 감자……."

"PTSD예요?"

"응?"

"…아니에요."

민혁은 고개를 저었다. 아직 이 시대엔 PTSD라는 개념이 대중에게 제대로 알려지지 않았음이 떠올랐기 때문이었다.

'스카우터라도 시켜볼까.'

민혁은 살짝 고민을 해봤다. 지금이야 미미하지만 곧 두각을 드러낼 선수들에 대해서도 알고 있는 자신이었다. 당장 현재 네덜란드 에레디비지에에서 뛰고 있는 반 니스텔루이만 해도 그랬는데, 민혁은 현재 네덜란드 에레디비지에의 그저 그런 공격수인 반 니스텔루이가 곧 네덜란드 리그 득점왕이 된다는 걸 알고 있었다.

실제로, 1998—99 시즌에 일어날 일이 그랬으니까.

하지만 스카우터보다는 에이전트 쪽이 나을 것 같았다. 기껏 라이선스까지 획득했는데 썩힐 이유는 없지 않은가.

"음, 그래."

"뭐가 그래야?"

"헤렌벤이라는 팀에 반 니스텔루이라는 선수가 있거든요?"

"응?"

"그 선수한테 접근해 보세요."

"갑자기 무슨 소리야? 꿈꿨어?"

막 입을 열려던 민혁은 고개를 저었다. 어떻게 말해도 모아시르를 납득시킬 방법이 없었다. 미래를 알고 있다고 했다간 정신병자 취급을 받을 게 뻔하니 말이다.

잠깐 고민하던 민혁은 반쯤 억지를 썼다.

"아무튼 밑져야 본전이잖아요. 편지나 한번 써봐요."

"무슨 편지?"

"이렇게 쓰세요."

민혁은 잠시 생각을 정리한 후 입을 열었다.

"다른 건 생각하지 말고 골만 노리면 네덜란드 국가대표 공격수가 되는 것도 꿈이 아니다."

"뭐?"

"그 반 니스텔루이라는 선수가 지금 헤렌벤이라는 팀에서 뛰는데요, 유소년 때 수비수로 시작해서 중앙미드필더 생활을 좀 오래 해서 미드필더로 뛰던 버릇이 남아 있거든요. 그래서……."

"네가 그걸 어떻게 아는데?"

"다 아는 방법이 있어요."

민혁은 모아시르를 재촉했다. 모아시르는 그 시선을 받고도 한참을 머뭇거리다 어쩔 수 없다는 표정을 짓고는 어깨를 으쓱한 후 천천히 내용을 적었다. 민혁의 말대로 잘되면 좋고 안 되도 손해 볼 건 없다는 판단이었다.

그가 내용을 다 적자, 민혁은 뒤에 이을 말을 더했다.

"그리고 이것도 추가하세요. 당신의 무기는 빠른 발과 위치 선정, 그리고 골결정력이다. 화려한 드리블이나 수비 가담은 생각하지 마라. 그러면 시즌 30골도 충분히 가능하다."

"…화내지 않을까?"

"화내면 어쩔 거예요. 이번에 잘되는 거 아니면 앞으로도 볼 일 없을 텐데."

"그건 그렇지."

모아시르는 순식간에 걱정을 날려 버렸다. 잘되면 이득이고 안 돼도 손해 볼 게 하나도 없다는 판단이 들자 굳이 편지를 꺼릴 이유가 없었다.

"좋아, 다 적었어."

"이제 보내면 돼요. 그럼 그쪽에서 알아서 할 테니까."

고개를 끄덕이던 모아시르는 편지를 봉투에 넣으려다 손을 멈췄다. 중요한 걸 잊고 있었다는 느낌이었다.

"근데 거기 주소는 알아?"

* * *

반 니스텔루이에게선 답신이 오지 않았다. 하기야 편지가 제대로 갔는지도 확신할 수 없었으니 답신을 기다리는 것도 무의미한 일일지도 몰랐다.

게다가 편지가 제대로 도착을 했더라도 반 니스텔루이가 그 조언을 따를지도 확신할 수 없었고, 설령 그 조언에 관심을 가진다고 해도 효과를 보려면 최소한 몇 달은 있어야 결과가 나올 터였다.

그걸 뻔히 아는 민혁이지만, 그래도 왠지 초조함이 드는 건 어쩔 수 없었다.

"뭘 그렇게 생각해?"

필 버트는 리프팅을 멈춘 민혁을 발견하고 다가와 물었다. 평소라면 쉬는 시간에도 공을 다루고 있을 민혁이 생각에 잠겨 있는 모습에서 위화감을 느낀 것이다.

민혁은 그를 보지 않은 채 입을 열었다. 아직도 생각에 잠겨 있던 탓이었다.

"제 에이전트를 슈퍼 에이전트로 만들려는 야망의 일환이랄까……."

"무슨 소리야?"

"그런 게 있어요."

필 버트는 이상하다는 표정으로 민혁을 보았다. 분명히 재능은 있는 아인데, 가끔 보면 축구선수가 되는 것보다 사이비 종교인이 될 가능성이 높지 않나 싶은 생각도 들었다.

저렇게 알 수 없는 혼잣말을 하다가 이상한 열병을 앓고 괴상한 종교를 창시한 친구가 있는 필 버트기에 한층 더 걱정이 될 수밖에 없었다.

"윤."

"네?"

"교회 다녀?"

"일단 신자긴하죠."

"어디?"

"칼뱅 파요. 장로교거든요."

"그럼 성공회 성당도 별로 거부감은 없겠네?"

민혁은 고개를 돌렸다. 그가 무슨 말을 하는지 도저히 이해할 수 없었다.

"성공회요?"

"응."

성공회.

민혁이 그 종교에 대해 아는 건 별로 없었다. 기껏해야 14세기 영국의 국왕이던 헨리 8세가 이혼 문제로 교황청에 삐져서 만들어낸 신흥종교라는 사실과, 때문에 종교의 수장이 영국의 국왕인 걸 제외하면 로마 카톨릭과 다른 점이 없다는 것 정도였다.

굳이 하나를 더 추가하자면, 메리 여왕과 엘리자베스 1세 여왕 시기에 카톨릭과 서로 죽고 죽이는 참사를 벌였다는 정도랄까······.

"별로 거부감은 없어요. 그런데 왜요?"

"그럼 나랑 신부님 좀 만나러 가자."

"네?"

민혁은 눈을 깜박였다. 도저히 무슨 뜻으로 하는 말인지 이해할 수 없었다.

그러던 그는 필 버트의 눈에 서린 걱정스러운 기색을 읽고서야 그 뜻을 이해했다. 아직 심리 상담이 대중화되지 못한 시대라 신부 등의 성직자가 심리학자를 대신해 정신 상담을 해주는 경우가 많다는 기억이 떠오른 것이다.

'잠깐, 지금 날 미친놈으로 보는 거 맞지?'

정확히 말하면 그럴 가능성이 있지 않나 싶어 하는 거였지만, 민혁으로서는 그 둘의 차이를 느끼지 못했다.

하기야 느꼈더라도 기분이 나쁜 건 다르지 않았으리라.

"저 미친 거 아니거든요?"

"아니, 네가 미쳤다는 건 아니야. 난 그냥 네가 마음의 평정을 좀 찾으면 어떨까 해서······."

민혁은 울컥했다. 하지만 끝내 화를 참을 수 있었던 건, 자신이 가끔 보이는 행동이 다른 사람들에겐 이상하게 보일 수도 있으리라는 걸 알고 있던 덕분이었다.

하기야, 자신이라도 가끔씩 이상한 말을 꺼내놓는 사람을 보면 정신상태를 의심할 게 뻔하지 않은가.

'그래, 참자.'

민혁은 가슴까지 올라온 울화를 억눌렀다. 여기서 화를 내면 더 미친놈으로 보이리라는 생각도 들었고, 어쨌거나 코치보다는 자신이 약자라는 사실도 떠오른 탓이었다.

아쉬운 놈이 참아야지 어쩌겠는가.

"전 문제없으니까 훈련이나 하죠?"

"정말 괜찮아?"

"괜찮다니까요."

답변을 들은 필 버트는 고개를 끄덕였다. 여기서 한 번 더 권했다간 사이가 제대로 틀어질 것 같았다.

그는 몸을 돌리고 휘슬을 입에 물었다. 훈련 내용을 바꿀 생각이었다.

"주목!"

한 차례 외친 그는 휘슬을 불어 멀리 있던 선수들도 불러들인 후 조끼가 든 바구니를 가리켰다. 팀을 나눠 연습경기를 하겠다는 뜻이었다.

민혁은 조끼를 입었다. 이미 아스날 16세 이하 팀의 주전 미드필더 자리를 꿰찼기 때문이었다.

부족했던 피지컬은 반년이 지나는 동안 어느 정도 극복한 그였다. 자의 반, 타의 반으로 식단을 유럽식으로 바꾼 것이 주효했는데, 그건 일본식으로 식단을 변경한 1군의 방침과는 정반대되는 행위라 그를 알게 된 벵거에게 불려 가 잔소리를 한 번 듣기도 했다.

하지만 민혁은 식단을 유럽식으로 유지했다. 부족한 피지컬을 갖추는 데 필요한 단백질 공급도 원인이었지만······.

'돈이 없는데 어쩌라고.'

···가장 큰 문제는 역시나 돈이었다.

런던에도 한식이나 일식을 파는 식당은 있었다. 하지만 된장찌개 하나를 15파운드나 주고 먹고 싶은 생각은 없었다. 비싸기로 유명한 김포공항 내부의 식당에서도 된장찌개 하나에 6,000원씩 하는 시대에 15파운드. 한화로 2만 6천 원이나 되는 돈을 들일 수는 없지 않은가.

그나마 구단에서 주는 식사는 나쁘지 않았다. 영국인이 만들어서 그런지 맛은 없지만, 그래도 가끔 우동과 같은 일식도 나왔고 채소도 많았다. 벵거 감독의 지시로 인한 현상이었다.

그래도 세 끼 전부를 구단에 의존할 수는 없었다. 기껏해야 일주일에 서너 번, 많아야 예닐곱 번 정도 이용하는 것이 한계니 말이다.

"하아······."

"웬 한숨이야?"

민혁은 저스틴 호이트를 보며 답했다.

"먹고 싶은 것도 마음대로 못 먹는 처지가 비참해서."

"조금만 버텨. 1군 계약하면 주급 팍 올라가니까. 너나 나 정도면 충분히 가능하잖아?"

"…그렇긴 하지."

그 말은 민혁을 달래주었다.

생각해 보면 저스틴 호이트도 아스날 1군에 올라가긴 했다. 몇 경기 못 나오고 다른 곳으로 팔려 가서 문제긴 했지만, 어쨌거나 이대로 무리만 안 해도 1군 계약까진 할 수 있다는 이야기였다.

그렇다면 민혁도 1군 계약 정도는 할 수 있을 터였다. 벌써부터 2년만 지나면 18세 이하 팀으로 올려 보내는 게 어떻겠느냐는 이야기가 나오는 판이니 말이다.

"그래, 조금만 더 고생해 보자."

민혁은 중얼거렸다. 길어야 2년이면 이 고생도 끝날 거라는 희망을 품은 채였다.

그렇게 민혁이 결의를 다질 때, 네덜란드의 한 클럽에서는 잊혀져 있던 편지가 주인을 찾았다.

*　　　*　　　*

"뤼트, 혹시 이 사람 알아?"

말상(Horse face)의 청년은 새로 만난 코치가 건네준 편지를 받았다. 왠지는 모르겠지만 퀴퀴한 냄새가 나는 것 같았다.

"이거 상태가 왜 이래?"

"도착한 지 세 달 좀 넘었거든."

"세 달?"

말상의 청년은 의아하다는 표정을 감추지 않았다. 세 달 전이면 자신이 이 클럽에 오기도 전의 일이 아닌가.

"왜 여기로 왔어?"

"글쎄… 나도 잘 모르지. 일단 감독님이 널 영입할 계획이라고 했던 말이 떠올라서 가지고 있었는데, 편지를 보낸 사람이 그걸 어떻게 알았는지는 모르겠더라."

대답을 들은 청년은 미묘한 표정을 지으며 봉투에 적힌 이름을 읽었다.

"모아시르 페데네이라스?"

그랬다.

편지를 받은 말상의 청년은 루드 반 니스텔루이였고, 그가 든 편지는 민혁이 모아시르를 통해 보낸 편지였다.

이제야 편지가 도착한 이유는 민혁의 착각 때문이었다. 민혁은 반 니스텔루이가 헤렌벤을 거쳐 PSV 아인트호벤으로 갔다는 점은 기억하고 있었지만, 그 시기에 대해 잘못 기억하고 있었던 것이다.

"아무튼 고마워."

반 니스텔루이는 고개를 돌려 봉투를 찢으려다 묘한 표정을 지었다. 편지가 온 곳이 런던이라는 점이 의아했기 때문이었다.

"런던?"

그는 이해할 수 없다는 시선으로 봉투를 보았다. 런던에 사는 사람이 자신을 어떻게 안단 말인가.

"스카우터인가?"

반 니스텔루이는 그나마 가능성 있는 부분을 고려해 보았다. 프리미어리그에 속한 팀의 스카우터라면 네덜란드에도 가끔 왕래할 터이기 때문이었다.

하지만 그런 사람이라면 SC 헤렌벤으로 편지를 보내는 사고 같은 건 치지 않았으리라.

그 점에 생각이 미친 반 니스텔루이는 한참이나 봉투를 바라보다 그것을 뜯고 편지를 꺼냈다. 이 기묘한 편지에 어떤 내용이 담겨 있을지에 대한 호기심도 일고 있었다.

'드리블을 줄이라고?'

반 니스텔루이는 본래 폭발적인 드리블 능력을 가지고 있었다. 이후 PSV 시절 입은 부상으로 십자인대를 다치면서부터 드리블을 자제하게 되었지만, 1997년인 지금은 드리블을 주무기로 활용하며 네덜란드 무대에 조금씩 이름을 알리는 시기였다.

때문에, 드리블을 줄이라는 이야기는 그다지 달갑지 않았다. 수비 가담을 줄이라는 건 마음에 들었지만 말이다.

"뭘 보는 거지?"

"아……."

반 니스텔루이는 고개를 들었다.

그에게 말을 건 사람은 1992년부터 SC 헤렌벤의 감독을 맡고 있는 포페 드 한(Foppe de Haan) 감독이었다.

"이상한 편지가 와서 읽고 있었습니다."

"이상한 편지?"

"네."

"잠깐 볼 수 있겠나?"

반 니스텔루이는 어깨를 으쓱하며 편지를 건네주었다. 딱히 숨길 만한 내용도 아닌 탓이었다.

"흠……."

드 한 감독은 턱을 쓰다듬으며 이야기를 이어나갔다.

"나쁘지 않은 이야기야. 수비 가담을 버리라는 이야기는 감독으로서 불쾌한 내용이지만, 자네 플레이를 생각하면 드리블을 줄이는 것도 나쁘진 않을 것 같군."

"네?"

"자네는 좋은 드리블 능력을 가지고 있지. 하지만 그런 드리블은 부상 위험도 커. 무릎에 가해지는 피로도 피로지만 상대 팀의 견제도 무시하기 어렵거든. 드리블을 하는 동안 무리한 태클이 들어오기라도 하면 큰 부상을 입을 수 있어."

반 니스텔루이는 고민에 빠졌다. 이름도 모르는 사람의 편지만으로는 고려할 문제가 아니었지만, 부임 첫해에 2부 리그에 있던 헤렌벤을 승격시켜 에레디비지에의 강팀으로 만들어 놓은 감독의 조언이라면 생각해 볼 여지는 충분히 있었다.

"아, 물론 드리블을 하지 말라는 건 아니야. 그냥 드리블 빈도를 조금 줄이고 위치 선정과 침투를 통해서 골을 넣는 건 어떻겠냐는 거지."

　"글쎄요……."

　반응은 그다지 신통치 않았다. 고민은 되지만 스타일을 바꾸고 싶지는 않은 모양이었다.

　"테스트해 본다고 생각하고 두세 경기 정도만 드리블을 자제해 보는 건 어떤가? 어차피 에레디비지에 수비수들도 이제 자네 플레이에 눈이 익었을 테니, 일단 수비를 교란하는 셈 치고."

　"음."

　반 니스텔루이는 조금 더 고민을 이었다. 그 말을 들으니 딱히 꺼릴 만한 일은 아닌 것 같았다. 스타일을 아주 바꾸라는 것도 아니고, 상대 팀의 수비수들을 교란시키는 용도로 잠깐 스타일을 바꿔보는 것은 그로서도 반대할 이유가 없었다.

　"알겠습니다. 그 정도라면 한번 해보죠."

　"기대해 보지."

　드 한 감독은 그를 향해 손을 내밀었고, 반 니스텔루이는 그 손을 잡고 두어 번 흔든 후 떠났다. 편지를 돌려받지도 않은 채였다.

　뒤늦게 편지를 돌려주려던 드 한 감독은 어느새 사라져 버린 반 니스텔루이의 모습에 당황하다, 봉투에 적힌 이름을 읽어보았다.

"모아시르 페데네이라스라……."

그는 반 니스텔루이가 놓고 간 편지를 힐끗 보며 말했다.

"기억은 해두는 게 좋겠군."

『인생 2회 차, 축구의 신』 3권에 계속…

초대형 24시 만화방

신간 100%, 샤워실, 흡연실, 수면실(침대석), 커플석, 세탁기 완비

■ 광명 광명사거리역점 ■

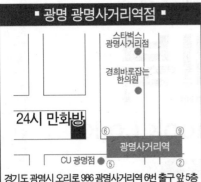

경기도 광명시 오리로 986 광명사거리역 6번 출구 앞 5층
02) 2625-9940 (솔목타워 5층)

■ 강북 노원역점 ■

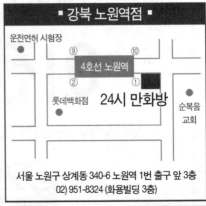

서울 노원구 상계동 340-6 노원역 1번 출구 앞 3층
02) 951-8324 (화용빌딩 3층)

■ 일산 정발산역점 ■

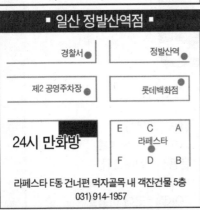

라페스타 E동 건너편 먹자골목 내 객잔건물 5층
031) 914-1957

■ 일산 화정역점 ■

경기도 고양시 덕양구 화정동 984번지 서일빌딩 7층
031) 979-4874 (서일사우나 건물 7층)

■ 부천 역곡역점 ■

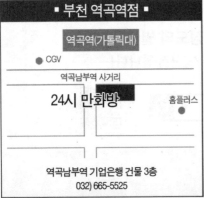

역곡남부역 기업은행 건물 3층
032) 665-5525

■ 부평역점 ■

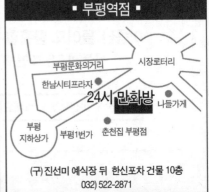

(구) 진선미 예식장 뒤 한신포차 건물 10층
032) 522-2871